KB073049

孤源 홍원

신가 新무협 판타지 소설

FANTASTIC ORIENTAL HEROES

홍원 5

신가 新무협 판타지 소설

초판 1쇄 찍은 날 § 2017년 7월 18일
초판 1쇄 펴낸 날 § 2017년 7월 25일

지은이 § 신가
펴낸이 § 서경석

편집책임 § 이지연

펴낸곳 § 도서출판 청어람
등록번호 § 제387-1999-000006호
등록일자 § 1999. 5. 31
어람번호 § 제2-2714호

주소 § 경기도 부천시 부일로 483번길 40 서경B/D 3F (우) 14640
전화 § 032-656-4452   팩스 § 032-656-4453
http://www.chungeoram.com
E-mail § chungeorambook@daum.net

ⓒ 신가, 2017

ISBN 979-11-04-91395-2 04810
ISBN 979-11-04-91291-7 (세트)

弘源

홍원

5

신가 新무협 판타지 소설

FANTASTIC ORIENTAL HEROES

도서출판 청어람

弘源 홍원

目次

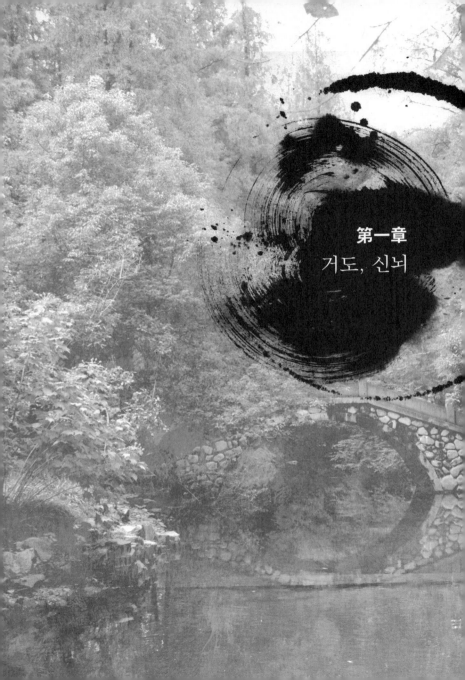

第一章
거도, 신뇌

　북궁휘용이 빠른 속도로 걸었다. 자신이 문주이건만, 조금 전에 미처 알지 못했던 소식을 들은 것이다.

　"벌써 두 달 전의 일인데, 이제야 내 귀에 들어오다니."

　북궁휘용은 혼잣말을 중얼거리며 고개를 저었다.

　그는 자신의 사조를 너무나 굳게 믿고 있었다. 그랬기에 태상호법이라는 자리에서 간혹 자신의 권위를 침범하는 일을 행하더라도 눈을 감아줬다.

　모두 천선문을 위한 일이라 생각하며 그냥 넘어갔다.

　이번 일도 아마 그런 맥락에서 추진한 일일 것이다. 자신이 모르는 부분에서 문을 위해 한 일일 것이다.

　하지만 그들을 그곳으로 다시 보내는 일이라면 최소한 자신에게 언질은 줬어야 했다.

그 때문에 북궁휘용은 평소와 달리 무척이나 흥분한 모습으로 우문기영의 집무실로 향하고 있었다.

우문기영의 집무실을 지키는 시비가 자신의 방문을 알리자마자 북궁휘용은 문을 열고 안으로 들어섰다.

"문주님, 어쩐 일이십니까?"

갑작스러운 그의 방문에 우문기영은 깜짝 놀라서 자리에서 일어났다.

"사조님."

북궁휘용의 딱딱한 어조에 우문기영은 내심 긴장했다. 그간의 세월 동안 처음 본 모습이었기 때문이다.

북궁휘용이 이런 반응을 보일 일이 뭐가 있을까. 곰곰이 생각을 해보았다.

'그 일을 아신 모양이군.'

대번에 알 수 있었다.

북궁휘용이 이런 모습을 보일 만한 일은 그리 많지 않았기 때문이다. 그랬기에 비밀리 진행한 것인데, 비밀이 두 달을 넘기지 못했다.

문주의 눈을 가리는 일이었으니, 두 달이면 길었다고 해야 할까.

"어쩔 수 없었습니다."

우문기영이 고개를 숙이며 입을 열었다.

"제가 왜 이러시는지 아시는 모양이군요."

우문기영의 빠른 반응에도 북궁휘용의 얼굴은 딱딱하게 굳은 채다.

"문주께서 이토록 화가 나실 일은 손에 꼽으니까요."

"제가 화를 낼 것을 아시면서도 저 몰래 일을 진행하셨단 말입니까?"

북궁휘용의 목소리에는 은은한 분노가 서려 있었다.

"말씀드렸으면 못 하게 하셨을 테니까요."

우문기영의 말에 북궁휘용은 잠시 말을 멈췄다. 그 말이 맞았다.

자신이 알았다면 절대 그들을 그곳으로 보내지 않았을 것이다. 그곳은 그들에게 너무나도 큰 낙인이 찍힌 곳이다.

만약 자신이라면 두 번 다시 그곳에 가고 싶지 않을 것이다.

"문주님께서 어떤 생각이신지 알고 있습니다. 하지만 그 둘은 그리 약한 사람이 아닙니다. 이미 구 년이 다 되어가는 일입니다. 그들은 모두 그때의 상처를 추슬렀습니다."

"그 두 분이 향산에서 어떤 꼴을 당했는데요. 마수들에게. 모두 제가 먹을 영단의 재료를 구하려다가 그런 겁니다. 그 두 분의 삼십 년 연공이 날아간 곳입니다. 그곳을 다시 가고 싶겠습니까?"

구 년 전의 일을 떠올린 것일까. 북궁휘용의 목소리가 먹먹해졌다.

"이미 그 두 사람은 그 당시의 실력을 뛰어넘었습니다. 삼십 년 연공이 날아갔지만 새로운 자신을 찾기도 했습니다."

우문기영은 물러서지 않았다.

"으음."

그 말이 사실이었기에 북궁휘용은 잠시 주춤했다.

"그리고 저는 그들에게 선택권을 줬습니다. 갈지 말지는 그 두 사람이 선택한 것입니다. 가기 싫다고 했으면 저는 다른 비은팔호법을 보냈을 겁니다."

그들이 선택을 했다는 말에 북궁휘용은 입술을 질끈 깨물었다.

"하지만 거도(巨刀) 호법과 신뇌(神腦) 호법을 그곳에 보내는 일이라면 저에게 미리 언질을 주셨어야 합니다. 제가 아무리 반대하더라도요."

북궁휘용은 그 말을 남기고 몸을 돌렸다.

우문기영에 대한 북궁휘용의 굳건한 신뢰에 작은 금이 가버렸다.

우문기영도 그 사실을 느꼈다.

홀로 남은 집무실에서 우문기영은 한숨을 쉴 뿐이다.

오직 그 자신만 알고 있는 일 때문에 많은 것이 꼬이고 있었다.

문주와의 관계에 불편한 일이 생겨 버리다니, 과거에는 절대 없었던 일이다.

"이런 일이 생긴 만큼 거도와 신뇌가 잘해줘야 할 텐데……."

우문기영이 수심이 가득한 얼굴로 중얼거렸다.

대법의 성공으로 미래를 알게 되었다. 그런데 그 미래가 자꾸 틀어지고 있었다.

오히려 대법이 자신의 눈을 가리는 것은 아닌가, 하는 생각을 하기도 했다.

하지만 한 번 일어났던 일을 무시할 수가 없었다.

우문기영의 고민은 깊어만 가고 있었다.

"그 빌어먹을 괴물 놈……."

*   *   *

"어때? 오늘은 북면에 가볼까?"

왼팔이 없는 외팔이 거한이 등에 거대한 도를 맨 채 서쪽의 거대한 산맥을 보며 말했다.

호리호리한 몸에 오른쪽 눈에 안대를 한 사내는 고개를 저었다.

"아직이야. 단리유화에게 이곳에서 무슨 일이 있었는지 아직 전부 알아내지 못했어."

"보나마나 북면에 들어가서 영약을 처먹었겠지. 그게 아니면 그리 강해질 이유가 없잖아. 그 아이가 익힌 무공의 특성상."

외팔이 사내, 거도의 말에 애꾸눈의 사내 신뇌는 고개를 저었다.

"북면이 어떤 곳인데. 그 아이 혼자 그곳에서 영약을 얻을까?"

"하지만 숭무련에 들어간 환영(幻影) 녀석의 소식에 따르면 그 아이가 간 곳은 향산과 이곳 읍성뿐이야."

그랬다.

우문기영은 우선 비은팔호법 중 환영을 숭무련에 보냈다.

환술의 고수인 환영은 은월과는 다른 방법으로 은신과 첩보에 특화된 호법이었다.

그가 보낸 단리유화의 행적에 대한 정보를 본 우문기영이 두 달 전에 거도와 신뇌를 읍성으로 보냈다.

그녀가 유일하게 머문 흔적이 있는 성이었기 때문이다. 그 이후 그녀의 행적은 모두 이동이었다.

거도와 신뇌는 우문기영의 명에 따라 읍성으로 향했고, 정보 수집이 용이하다는 이유로 신뇌가 읍성에 천선표국을 차린 것이다.

굳이 천선이라 이름 붙인 이유는 간단했다.

먼저 읍성에 자리 잡은 경천회를 견제하기 위함이었다.

'하지만 설마 사혈궁에서 다시 견제를 할 줄이야.'

읍성은 변방의 작은 성이다. 황제가 인정한 사혈궁의 세력권 경계에서 살짝 밖에 위치해 누구의 세력권에 속하지 않은 변방.

굳이 세력권을 따진다면 황제의 영토였기에 천선문의 세력권임이 당연했다.

그랬기에 경천회를 견제하기 위해 천선이란 이름을 사용한 것인데, 사혈궁의 생각은 다른 모양이다.

무려 소궁주가 읍성으로 찾아왔으니.

"후우, 일이 이렇게 어려울 줄은 몰랐네."

신뇌가 한숨을 내쉬었다.

"뭐, 머리 좋은 네놈이 그럴 정도면 어려운 모양이군."

거도는 턱을 긁적이며 중얼거렸다.

그는 단순한 것이 좋았다. 그랬기에 모든 일의 진행은 신뇌에게 맡겨두었다.

그랬기에 국주도 신뇌다. 자신은 부국주일 뿐이다.

"그리고 사실 아직 향산에 들어가는 건 조금 망설여지기는 해."

그날의 기억이 완전히 잊히지 않았다.

태상호법의 명을 들었을 때는 괜찮다고 호언장담했지만 막상 향산을 눈앞에 두니 그날의 기억이 떠올랐다.

"그 아이는 겁도 없지. 어찌 저기를 들어갈 생각을 했을까?"

"몰랐기에, 무지하면 용감하니."

거도의 말에 신뇌가 대꾸했다.

그때 쟁자수 한 명이 헐레벌떡 두 사람을 찾아왔다. 읍성에서 고용한 읍성 토박이다.

"국주님, 그 녀석이 어제 돌아온 것 같습니다."

"그래?"

쟁자수의 말에 신뇌가 반색했다.

드디어 실마리가 될지도 모르는 사람이 읍성으로 돌아왔다고 한다.

홍원이 천선표국의 내부로 스며든 게 그즈음이다. 마침 급하게 움직이는 이를 따라가 쉽게 국주를 찾을 수 있었다.

보자마자 알 수 있었다.

저 두 사람이 천선문에서 나온 사람이다. 그들의 몸에 흐르는 내공에서 천선의 기운이 느껴졌다.

홍원은 잠자코 몸을 숨기고 있었다.

그들은 쟁자수의 전언을 들은 후 바삐 표국 밖으로 나가려 했다.

하지만 그 의도를 이루지 못했다.

마침 찾아온 방문객 때문이었다.

"어디를 그리 바삐 가십니까?"

준수하고 서글서글한 인상의 중년인의 말에 두 사람은 걸음을 멈췄다.

"교하운."

신뇌가 낮게 중얼거렸다.

"신뇌 호법과 거도 호법이로군요."

교하운의 말에 두 사람의 얼굴이 딱딱하게 굳었다. 설마 자신들의 정체를 알고 있을 줄은 몰랐던 것이다.

그들은 천선문에서도 숨겨진 호법인 비은팔호법이 아니던가.

"그대들이 나를 아는데, 내가 그대들을 아는 것도 자연스러운 일 같습니다만?"

교하운이 피식 웃으며 말했다.

'사혈궁의 정보력이 보통이 아니구나.'

신뇌가 교하운에 대한 경각심을 가졌다. 자신들의 정체를 알고 있다면 교하운이 이곳으로 온 게 수긍이 갔다.

비은팔호법이 사혈궁 세력권의 지척에 자리를 잡았으니 경계를 할 수밖에 없는 것이다.

"지체 높은 사혈궁의 소궁주께서 누추한 이곳에는 무슨 일이십니까?"

신뇌가 한 발 앞으로 나서며 물음을 던졌다.

"아, 마침 제가 이곳에서 표국 사업을 시작하게 돼 인사차 들렀지요."

이미 알고 있던 일이다. 철마표국을 사혈궁에서 인수했고, 소궁주가 이리로 온다는 것을 말이다.

"사혈궁이 이 작은 성에서 뭐 얻을 게 있다고, 표국 사업에 손을 대는지 궁금하군요."

신뇌의 말에 교하운이 피식 웃으며 말했다.

"엄연히 사혈궁의 세력권에서 엉뚱한 사람들이 표국을 시작했으니 견제를 해야지요."

이번에는 신뇌가 피식 웃었다.

"사혈궁의 세력권이라니요? 이곳은 황제 폐하의 땅입니다만?"

"해미성과 성현성이 지척인 곳이오. 우리 사혈궁의 세력권인."

"황제 폐하께서 사대세력에게 허락한 땅을 제외하고 나머지는 모두 폐하의 땅입니다. 지척에 있다고 세력권이라 주장하신다면, 중원 땅 일부도 세력권이라 하시겠습니까? 중원 땅 중에도 사혈궁의 세력권과 지척인 곳이 있으니 말입니다."

"흐음."

신뇌의 반박에 교하운은 입을 다물었다.

논리에서 졌다.

사실 이런 변방 지역은 가장 가까운 세력의 세력권으로 인정해 주는 것이 암묵적인 관례였다.

하지만 명확한 사실 관계를 따진다면 신뇌의 말이 맞았다.

"황제 폐하의 땅이라 하나, 그것이 우리가 표국을 못하는 이유는 아니지요."

그때 교하운의 뒤에 가만히 있던 하후필이 끼어들었다.

그 말 또한 맞는 말이었다.

"그렇긴 합니다만……."

"그럼 앞으로 잘 부탁드리겠습니다."

교하운과 그 수하 둘은 그 말을 남기고 자리를 떠났다.

천선문과 사혈궁의 탐색전이 그렇게 끝이 났다.

홍원은 그 덕에 몇 가지 정보를 얻을 수 있었다.

'저들이 비은팔호법 중의 두 사람이군.'

목이문에서 은월에게 얻었던 정보를 떠올렸다.

두 사람은 멈췄던 걸음을 옮겼다. 어느새 해가 저물고 있었다.

홍원은 두 사람의 뒤를 따르다가 고개를 갸웃거렸다.

무척이나 익숙한 길을 가고 있었기 때문이다.

'설마?'

홍원은 이 길로 가면 나오는 곳을 떠올리고는 깜짝 놀랐다. 하마터면 은신이 풀릴 뻔할 정도로 놀랐다.

홍원의 예상이 맞았다.

그 두 사람은 자신의 집으로 향하고 있었다.

근처에서 가만히 홍원의 집을 살피는 두 사람이다.

얼마나 살폈을까?

둘은 동시에 고개를 저었다.

"없군."

"어제 왔다는데 아직 집에 들어올 시간이 아닌 것인가?"

두 사람은 홍원의 집을 기감으로 살핀 것이다.

'저들은 나를 찾고 있다.'

두 사람의 행동에서 금세 알 수 있었다. 그럴 수밖에 없는 것이 지금 집에는 자신을 제외한 식구들이 모두 있었다.

제법 떨어진 곳에서 몸을 감춘 채, 잠깐 살피고 가는 것인지라 묵린도 반응하지 않은 듯했다.

다행이라면 다행이다.

묵린이 저들에게 반응했다면 난리가 나도 큰 난리가 났을 것이다.

'저 둘은 이미 여러 번 우리 집을 살폈어. 나를 찾기 위해서.'

이유를 알 수 없었다.

천선문에서 자신의 정체를 알아차린 것인가 했지만 그럴 가능성은 극히 낮았다.

"다음에 다시 와야겠군."

신뇌가 중얼거리며 몸을 돌렸다. 거도도 그 뒤를 따랐다.

홍원은 조용히 그 둘을 쫓아 움직였다.

"묘한 일이야."

신뇌가 담담히 입을 열었다.

"그렇지."

거도가 동의한다는 듯 고개를 끄덕였다.

"하필이면 그의 아들이야. 단리유화와 함께 향산으로 향한 사람이 말이지."

"북면으로 간 거겠지?"

신뇌의 말에 거도가 물었다.

"그건 모르지. 읍성 사람들 말을 들어보면 홍원이라는 친구는 동면에서 주로 활동한 모양이니."

"그런데 동면에서 그렇게 강해질 수 있을까?"

거도가 불가능하다는 얼굴로 물었다.

"향산은 워낙 신비한 산이니… 동면에도 영약이 있을지도 모르지. 북면처럼 쉽게 찾을 수 있지는 않겠지만."

거도의 물음에 신뇌가 답하며 걸었다. 거도는 신뇌의 의견에 크게 반박하지 않았다. 그저 떠오르는 의문을 계속해서 물을 뿐이다.

"그것보다도 난 한 가지가 계속 이상하단 말이야."

"이름?"

신뇌가 이전에도 말한 적이 있는지 거도가 대번에 알아차렸다.

"그래, 이름. 숭무련에 처음 모습을 드러냈다는 그 묵검신협이라는 자와 이름이 같아."

신뇌는 환영이 보내온 정보를 다시금 떠올리며 말했다.

"하지만 우리가 알아본 바에 따르면 단리유화는 홀로 읍성을 떠났어. 그리고 묵검신협이라는 자는 생각 이상의 고수이고, 홍원이라는 친구는 그저 약초꾼에 사냥꾼이야."

거도가 지금까지와는 다르게 신뇌에게 다른 의견을 내세웠다.

두 사람은 조용히 대화를 나누며 계속 걸음을 옮기고 있었다. 주변에는 사람이 드물어 둘을 신경 쓰는 이들은 없었다.

"그리고 홍원, 그 친구가 집을 떠난 날도 단리유화가 읍성을 떠난 그때쯤이지."

"하지만 인상착의가 전혀 다르지 않은가."

신뇌는 여기서 막혔다.

그로서도 인상착의가 다르다는 부분에서 어떻게 해답을 낼수가 없었다.

정교한 면구를 사용하지 않았을까, 라고 생각도 해보았다. 하지만 정보를 토대로 추측한 두 사람의 외모의 차이는 면구만으로 극복할 수 없었다.

체형에서의 차이도 있었기 때문이다.

그즈음 두 사람은 천선표국에 도착했다. 문 앞에 그들을 기다리는 사람이 있었다.

"응? 무슨 일인가, 총관?"

"저, 의뢰하러 오신 손님이 계십니다."

"자네가 알아서 하지 않고?"

신뇌는 총관의 대답에 고개를 갸웃거렸다. 지금까지 의뢰의 처리는 대부분 총관이 알아서 했다.

총관 역시 읍성에서 고용한 사람인데, 능력이 제법 괜찮아 대부분의 일을 맡겨둔 터였다.

"저, 그것이 꼭 국주님을 뵙고 말씀을 나누고 싶다고 하셔서……"

총관의 말에 신뇌와 거도는 서로를 마주 보았다.

표국을 세우고 표국 일을 하고는 있지만, 어디까지나 이곳은 그들의 신분을 숨기기 위한 근거지일 뿐이다.

그래서 표행도 소소한 것 위주로 움직였다. 기껏해야 해미성 이나 성현성으로 향하는 표행이 전부다.

규모를 더 크게 키웠다가 사혈궁에서 어찌 나올지도 몰랐다.

자신들이 이곳에 자리를 잡았다는 이유만으로 벌써 소궁주 교하운이 읍성으로 오지 않았는가.

"그래도 손님이니… 가보세."

신뇌와 거도가 총관과 함께 움직였다.

손님이 기다리는 방에 들어가니 염소수염을 기르고 간사해 보이는 인상의 중년인이 기다리고 있었다.

"처음 뵙겠습니다. 성현상단의 부단주인 도지방이라 합니다."

"반갑습니다. 국주인 영현성이라 합니다."

"부국주인 천패덕이라 합니다."

신뇌와 거도는 언제 써본 지 기억도 나지 않는 이름을 입에서 꺼냈다.

이제는 거의 불리지 않는 이름이다.

알고 있는 사람이 있을까 싶기도 했다.

"영 국주님과 천 부국주님이시군요. 반갑습니다."

"도 부단주께서는 어쩐 일로 저희를 찾으셨습니까? 보시다시피 저희는 규모가 작아 그리 큰 거래를 할 수 없습니다만."

신뇌가 자리에 앉으며 말을 꺼냈다. 처음부터 부정적인 이야기를 꺼내는 것이 어지간하면 의뢰를 받지 않겠다는 의지의 간접적인 표현이었다.

"하하하, 일단 들어보시면 흥미가 동하실 겁니다."

처음부터 세게 나오는 신뇌의 태도에 도지방은 애써 큰 소리로 웃음을 터뜨렸다.

오늘 이 의뢰를 성사시켜야만 단주인 아버지 도연각에게 면이 설 것이기 때문이다.

"두 분은 혹 읍성에 자리한 서희상단을 아십니까?"

두 사람은 고개를 끄덕였다. 철마표국을 주로 이용하는 상단이었지만, 간혹 물량이 많을 때는 천선표국에도 일을 맡겼기 때문이다.

표국을 시작한 지 이제 겨우 두 달이지만, 서희상단의 표행을 벌써 세 번은 다녀왔으니, 그 상단이 얼마나 대단한지도 알 수 있었다.

표국 한 곳으로는 감당하지 못하는 상단이라는 뜻이니 말이다.

"네. 저희도 몇 번 의뢰를 받았습니다."

"이 작은 성에 그토록 번성하는 상단이 있는 것이 신기하지 않으십니까?"

도지방의 말에 신뇌는 고개를 끄덕였다.

그렇잖아도 의문이었다. 이 작은 성에 어찌 그리 거래가 활발한 상단이 있을 수 있을까.

"그게 전부 향신료 덕입니다. 서희상단은 천화국의 향신료를 수입해서 팔고 있지요."

"호, 향산을 돌아 사막을 건너가려면 보통 힘들 일이 아닐 텐데요? 그리고 위치상 그러려면 해미성이 더 좋은 자리일 텐데요?"

신뇌가 흥미를 보이자 도지방은 속으로 웃음 지었다. 어쩌면 일이 잘 풀릴 것이란 생각이 들었기 때문이다.

"저희 추측으로는 아마 그 상로를 이용하는 게 아닌 것 같습니다. 그렇게 보기에는 물량의 이동이 너무 빠릅니다."

"그럼 다른 길이 있단 말입니까?"

세상에 알려진 천화국으로의 상로는 오직 그곳 하나였다.

신뇌의 물음에 도지방이 몸을 숙이고 목소리를 낮춰 작게 말했다.

"아마 향산 남면을 지나는 길을 개척한 것 같습니다."

그 말에 신뇌와 거도의 얼굴이 딱딱하게 굳었다.

"그 말씀은?"

신뇌는 대번에 그가 굳이 자신들을 만나려 한 이유를 알 수 있었다.

"네. 저희 상단도 새로운 상로를 개척하려 하는데, 천선표국에 호위 의뢰를 드리는 겁니다."

도지방은 상대가 넘어올 것이라 확신하며 은근한 어조로 의뢰 내용을 말했다.

"불가합니다."

하지만 신뇌는 단호했다.

"네?"

너무나 빠른 거부에 도지방은 자신도 모르게 되물었다.

"너무 위험한 일입니다. 저희같이 작은 표국이 감당할 수 없습니다."

신뇌가 고개를 저으며 말했다.

"저, 이미 한 상단이 개척을 한 곳입니다. 처음은 위험할지 몰라도 두 번째라면……."

"다른 표국을 알아보시지요. 저희는 할 수 없습니다. 그럼 이만."

신뇌는 여지를 주지 않고 자리에서 일어났다.

도지방은 그가 떠난 빈자리를 허망한 얼굴로 바라보았다.

"이럴 리가 없는데……."

도지방은 아버지에게 명을 받고 떠나올 때 들은 말을 떠올렸다.

보기에는 작은 표국이나, 그 본체는 보통 세력이 아니라고 하셨다.

황도에 있는 상단으로부터 어렵게 얻은 정보였으니 어떻게든 의뢰를 성공시키라 하셨는데, 실패했다.

홍원은 그 모든 것을 지켜보고 있었다.

'종현이 녀석, 대단하군. 벌써 이렇게 상단을 키워내다니.'

종현이나 친구들의 입에서 듣는 것보다는 이렇게 경쟁 상단의 움직임을 알게 되는 것이 훨씬 실감 났다.

방을 나선 두 사람은 각기 다른 곳으로 움직였다.

홍원은 잠시 고민하다가 이내 신뇌의 뒤를 따랐다. 이유는 간단했다. 신뇌가 자신에 대한 의심을 깊게 가지고 있었기 때문이다.

'잠깐의 실수가 두고두고 나를 쫓는구나.'

홍원은 시간을 돌릴 수만 있다면 돌리고 싶었다.

장홍원이라는 이름 석 자를 밝힌 그 순간으로 말이다. 하지만 이제는 어찌할 수가 없었다.

그사이 시간이 많이 흘렀는지 어둠이 찾아오고 있었다.

여름날의 길고 긴 해가 서쪽으로 저물었다.

작은 촛불을 켜놓은 방 안의 서탁.

신뇌는 여전히 그곳에 팔짱을 끼고 앉아 고민을 계속하고 있었다.

무언가 떠오를 듯한데 떠오르지 않았기 때문이다.

"후우, 어렵군. 대체 단리유화의 무엇이 문제이기에 태상호법은 이런 명을 내리셨을까? 분명 무언가 그녀의 수상한 것이 있지만… 겨우 그녀 정도로는 아무것도 못하건만. 괜히 사혈궁의 견제만 받고…….”

한탄하듯 중얼거리던 신뇌가 말을 멈추고 몸을 흠칫 떨었다.

무언가 떠올랐기 때문이다.

“사혈궁… 사혈궁… 그래, 사혈궁에 그 무공이 있었지.”

머릿속이 환해지는 느낌이다.

“환사역혈변안공. 극성으로 익히면 얼굴뿐 아니라 목소리에 체형까지 바꿀 수 있는 빌어먹을 무공.”

외모를 완전히 바꿀 수 있는 무공은 첩보와 암살에 효용이 엄청나다. 그래서 절로 빌어먹을 무공이라는 말이 튀어나온 것이다.

“하지만 이제는 익힌 사람이 없을 텐데? 그리고 그가 그것을 익혔다면 왜 사혈궁의 대공자를?”

하나의 단서를 얻었으나, 다른 문제들이 툭툭 튀어나온다.

“어렵군. 그래도 일단 알아는 봐야지.”

신뇌는 서탁에 종이를 펼쳐 서둘러 문서를 작성했다.

사혈궁에 숨어 있는 세작에게 보내는 것과 우문기영에게 보내는 것이다.

홍원은 그 모든 것을 지켜보았다.

덕분에 사혈궁에 숨어 있는 천선문의 세작 한 명의 신분을 알 수 있었다.

‘이제 그만 가야겠군.’

알아볼 것도 알아봤고, 시간도 너무 늦었다.

이제 그만 집으로 돌아가야 할 시간이다.

홍원은 조용히 천선표국을 빠져 나와 집으로 향했다.

집으로 돌아온 홍원은 가족들과 그간의 이야기를 하느라 정신이 없었다.

제법 늦게 왔으나, 어머니께서는 따뜻한 밥을 준비해서 기다리고 계셨다.

늦은 밤까지 홍원은 어머니와 동생들과 도란도란 이야기를 나누었다.

이 순간만큼은 천선표국에 대한 걱정이 사라졌다. 홍원의 입가에는 진한 미소가 걸려 있었다.

가족들이 모두 잠자리에 들자 홍원은 마당에 나와 밤하늘을 올려 보았다.

그런 홍원의 곁에 묵린이 몸을 딱 붙이고 있었다.

'어찌해야 할까?'

홀로 남자 고민이 시작되었다.

자신을 찾고 있는 그들. 그리고 자신의 정체를 의심하는 신뇌.

홍원이 천선표국에 잠입했을 때는 그 두 사람이 북면에 대한 대화를 마친 후였다.

그랬기에 홍원은 그들이 북면을 드나든 경험이 있다는 사실을 몰랐다.

단지 북면에 영약이 많다는 사실을 그들이 알고 있다는 정도의 정보만 얻었을 뿐이다.

"후우."

홍원이 나직이 한숨을 내쉬었다.

"나 때문인가?"

문득 그런 생각이 들었다.

읍성이 점점 풍운의 중심이 되어가고 있다는 생각이 들었다.

경천회에 천선문, 그리고 사혈궁까지.

잠시 이곳을 다녀간 단리유화까지 생각하면 숭무련도 있었다.

숭무련은 이곳에서 난리를 피우기까지 하지 않았던가.

그러고 보면 사대세력과 그들을 조율하는 천선문, 모두 다섯 곳 가운데 네 곳이 이미 읍성을 다녀갔거나 읍성에 있었다.

도무지 변방의 작은 성이라 할 수 없었다.

이 모든 일이 홍원이 귀환한 다음부터 일어났다.

모용연이 자홍선지초를 찾기 위해 향산을 찾은 것은 우연히 시기가 맞아떨어진 것이라 할 수 있지만, 그 이후로 꼬리에 꼬리를 물고 홍원 주위로 자꾸 사건이 생긴다.

"떠나야 할까?"

그런 생각을 하니, 자신이 읍성에 없다면 어떨까, 라는 생각도 들었다.

하지만 이내 머리를 세차게 흔들었다.

이미 일은 벌어졌다. 자신이 사라진다고 읍성을 향해 부는 풍운이 멈추지는 않을 것이다.

그렇다면 자신이 풍운을 막든, 방향을 돌리든 해야 한다.

"편히 쉬는 것도 어려운 일이로군."

가족들이 모두 깊게 잠든 것을 확인하고 홍원은 조용히 몸을 날렸다.

아무래도 한바탕 땀을 흘려야 할 것 같았다.

골짜기 아래에 도착한 홍원은 흑운을 뽑아 무유팔절검해를 펼치기 시작했다.

검해가 진행됨에 따라 마음이 고요하게 가라앉았다.

온몸이 땀에 흠뻑 젖었지만 오히려 상쾌했다.

어둠 속에서 천선의 비급을 다시 한 번 펼쳐보았다.

몇 개월간의 작은 심득들 때문일까. 구결의 한 자, 한 자가 새롭게 다가왔다.

그렇게 늦은 밤을 보낸 홍원은 새벽이 되기 전에 집으로 돌아왔다.

第二章
방문

해 뜨기 전의 새벽 공기는 상쾌했다.

공기가 맑아서 그런 것인지, 아니면 아직 공기에 가득한 찬 기운 때문인 것인지 정신이 번쩍 들게 하는 상쾌함이다.

홍원은 간밤에 잠 한숨 자지 않고 검을 휘둘렀음에도 졸음을 느낄 수 없었다.

그저 새벽 공기에 기분이 좋았다.

자신의 방으로 들어가려던 홍원은 걸음을 돌렸다. 묵린을 힐끗 보고는 읍성 거리를 거닐었다.

이른 새벽임에도 바쁘게 움직이는 사람들이 간간이 보였다.

부지런한 사람들이다.

"하필이면 그의 아들이야. 단리유화와 함께 향산으로 향한 사람이 말이지."

문득 그들이 나누던 대화가 떠올랐다.

그들의 동태를 살피는 데 너무 신경을 쓴 탓일까. 이 대화가 의미하는 바를 놓쳤었다.

어찌 그럴 수가 있을까.

굉장히 중요한 의미를 담은 말이었는데 말이다.

무유팔절검해 깊숙한 곳까지 빠져들었을 때 불현듯 떠올랐기에 망정이지, 그렇지 않았다면 굉장히 중요한 사실을 그냥 흘려 버릴 뻔했다.

'그들은 아버지를 알고 있다. 나를 아버지의 아들이라 지칭했으니까. 그리고 하필이면이라고 하기도 하고……'

걸음이 닿는 대로 움직이던 홍원의 안색이 어둡게 변했다.

상쾌한 새벽 공기와는 어울리지 않는 얼굴이다.

캉, 캉, 캉, 캉, 캉.

그런 홍원의 귀에 망치 소리가 들렸다. 고요한 아침을 깨우는 듯한 소리다. 과하게 크지도 않고 작지도 않은 적당한 소리.

홍원의 걸음은 자연히 그 소리의 근원지로 향했다.

어디에서 나는 소리인지는 이미 알고 있었다.

그곳은 대장간이었다.

황 노인은 이 새벽부터 망치를 휘두르고 있었다. 어느새 화로에 불을 피우고 작은 망치로 세밀히 두드리고 있다.

'아니, 저 불을 끄기는 하시는 걸까?'

홍원은 멀뚱히 화로를 바라보며 그런 생각을 했다. 이 시간에도 저토록 활활 불타고 있다면 아마 밤새 피워놓은 것이리라.

"응? 무슨 일이냐, 이 새벽에? 왜 검이 마음에 안 드느냐?"

황 노인이 홍원의 허리에 달린 흑운을 쳐다보며 말했다. 홍원이 비영을 찾아가기 전날 손질을 부탁하며 맡겼다가, 어제야 찾았다.

어제 대장간에 검을 찾아가느라 천선표국을 찾는 일이 조금 지체되었다.

그 때문에 중요한 이야기 몇 가지를 듣지 못했음을 홍원은 알 도리가 없었다.

"아닙니다. 아주 좋습니다. 그냥 아침에 산책을 하는데 망치 소리가 좋아서 절로 이곳으로 왔네요."

홍원의 말에 황 노인이 피식 웃었다.

"별스러운 녀석, 사람들은 시끄럽다고 난리다만. 그 탓에 이른 시간에는 이렇게 조정 작업 정도밖에 못 한다."

황 노인은 다시 망치를 휘둘렀다.

깡, 깡, 깡.

망치 소리가 울리면서 어딘가 투박하던 모양이 점점 정교한 모양을 잡아간다.

"한데, 천선표국에서 널 찾아가지는 않았더냐?"

황 노인이 물었다.

찾아왔었다, 어제. 하지만 그때 홍원은 몸을 숨기고 있었다.

"제가 있는 동안은 없었습니다만. 집에 돌아온 후 잠시 비영이 녀석 만나러 성현성에 다녀왔습니다."

"그쪽에서 네 녀석에 대해 수소문을 하는 모양이라서 말이야."

황 노인은 일정한 속도로 망치를 휘두르며 말했다. 그의 두 눈은 제 모양을 찾아가는 장신구에 고정되어 있었다.

"별일이군요. 표국에서 저를 찾는다니."

홍원이 대수롭지 않게 말했다.

"조심해라. 그곳의 국주와 부국주는 위험한 사람들이야. 예전에도 이곳에 온 적이 있었지. 기억하는 사람들은 없겠지만 말이야."

"네?"

홍원이 깜짝 놀라 되물었다.

그렇잖아도 그들이 나눈 대화의 한 부분이 의심스럽지 않았던가.

"팔 년인가, 구 년인가 전일 게다. 그때도 읍성에 왔었지. 살기를 풀풀 풍기면서. 지금은 그때와 외모도 다르고 분위기도 달라서 알아보는 사람은 없을 게다만……."

팔구 년 전.

공교로운 시기다.

어제 그들의 대화를 듣지 못했으면 미처 공교롭다는 것도 알아차리지 못했을 것이다.

"어르신은 어찌 그걸 기억하고 계십니까?"

"부국주의 도를 손질해 준 게 나니까. 난 한 번 만진 쇳덩어리는 대부분 기억을 해. 그 주인도 말이야."

장신구를 꼼꼼히 살피던 황 노인이 자리에서 일어나 허리를 두드리며 말했다.

그런 일이 있었을 줄이야.

"그 사람들 위험한 사람들이다. 조심해."

황 노인이 다시 한 번 말했다.

"조언 감사합니다."

어느새 하늘이 밝아오고 있었다. 이제는 집으로 돌아가야 한다. 곧 어머니께서 일어나실 시간이다.

"그럼 이만 가보겠습니다."

홍원의 걸음이 집으로 향했다.

'팔구 년쯤 전이면… 분명 아버지께서 북면에서 돌아가신 무렵이다.'

당시에 그들이 읍성에 왔었을 줄이야.

'그리고 그들은 아버지를 알고 있었고… 그리고 북면에 아버지의 활이 버려져 있었어. 활줄이 팽팽한 채로.'

지금 그 활은 홍원의 방에 걸려 있었다.

세 가지 단서가 모였다.

그것이 말하는 것은 하나다.

'그들이 아버지가 북면으로 사냥을 가게 한 이들이다.'

그들이 북면에서 아버지를 죽인 것인지, 아니면 함께 도망치

다가 아버지가 뒤쳐진 것인지 알 수는 없었다.

그러나 분명한 것은 있었다.

그들은 아버지의 죽음과 연관이 있다. 그 연관이 어떤 것인지는 차차 알아봐야 할 것이다.

'공교롭군. 아버지의 활을 발견하고서 바로 이런 단서가 나타나다니.'

마치 하늘에 계신 아버지가 알려주려는 것만 같았다.

집으로 돌아오니 어느새 일어나신 어머니께서 마당을 쓸고 계셨다.

"산책 다녀온 거야?"

홍원을 본 어머니가 웃으며 물으셨다.

"네, 새벽 공기가 좋네요."

홍원은 간단히 씻고는 자신의 방으로 들어갔다.

그리고 잠깐 눈을 붙였다. 밤을 아무리 새도 괜찮은 홍원이었지만, 아무래도 잠깐은 눈을 붙이고 싶었다.

그래야 생각을 정리하기 편할 것 같았다.

짧은 잠이라도 자서 머리를 조금 더 맑게 해야 할 것 같았다.

반 시진쯤 잤으려나.

갓 지은 밥 향기가 문틈으로 솔솔 들어왔다. 그 향에 홍원이 잠에서 깼다.

그리고 오래지 않아 아침 식사를 했다.

"오늘은 별일 없지?"

어머니의 물음에 홍원은 고개를 끄덕였다.

"오늘은 집에서 쉬려구요."

그 말에 가만히 웃음 지으셨다.

그렇게 아이들이 학관에 가고 집에는 홍원과 어머니만 있었다.

사시 말엽.

신뇌과 거도가 다시 찾아왔다. 홍원은 집 안에서 그들의 기척을 느낄 수 있었다.

"계십니까?"

그들은 홍원이 집에 있는 걸 알고 있었다. 홍원도 그들이 올 것을 알고 기다린 것이나 다름없었다.

"누구세요?"

어머니께서 먼저 나가셨다.

"천선표국에서 왔습니다."

홍원의 어머니를 보고 신뇌가 정중히 자신들을 밝혔다. 그런 신뇌와 거도를 보는 어머니의 눈가가 잘게 떨렸다.

"혹, 장 엽사께서 집에 계시는지요?"

"저, 그게⋯⋯."

어쩐 일인지 어머니께서 말을 잇지 못하셨다.

홍원이 문을 열고 나왔다.

"저는 무슨 일로 찾으시는 겁니까?"

그런 홍원을 돌아보는 어머니는 표정으로 무언가를 말하려 하셨다.

굉장히 간절한 표정이었다.

"오, 계셨군요. 저희가 운이 좋았나 봅니다. 처음 찾아왔는데 이리 만나게 되다니요."

신뇌가 능청스레 말했다.

"일단 나가서서 이야기하시지요."

홍원이 앞장서 두 사람과 함께 걸음을 옮겼다. 어머니의 반응이 예사롭지 않아, 일단은 집에서 나가야 할 것 같았다.

그렇게 세 사람이 향한 곳은 작은 다루였다.

세 사람의 앞에 차가 놓였다.

"저는 천선표국의 국주를 맡고 있는 영현성이라 합니다. 장 엽사께 여쭤볼 것이 있어 왔습니다."

"그게 무엇입니까?"

홍원은 아무것도 모른다는 얼굴로 되물었다.

"혹, 몇 달 전에 단리유화라는 소저와 함께 향산에 들지 않으셨는지요?"

이미 다 알고 온 일이다.

"네. 동면에서 약초를 찾는다고 의뢰를 하셔서, 함께 약초를 캐러 갔지요."

"동면이요? 북면이 아니고요?"

홍원의 말에 신뇌가 되물었다. 북면이라는 말에 홍원은 깜짝 놀란 얼굴을 하고 고개를 세차게 저었다.

"북면은 사람이 갈 곳이 아닙니다. 그런 의뢰라면 저는 절대 움직이지 않습니다."

"그렇군요. 동면이라… 하면 그곳에서 무슨 약초를 구하셨는지요?"

"그건 의뢰인과 관련된 부분이니 밝히기 어렵군요. 단리 소저의 소재를 알려 드릴 테니 직접 물어보시는 건 어떻겠습니까?"

홍원의 대답에 신녀가 손사래를 쳤다.

"아닙니다. 그저 동면에는 어떤 약초가 있나 하는 호기심에 여쭤본 것입니다."

"그러면 저에게 용건은 끝난 것인지요?"

홍원이 대화를 끝내려는 모습을 보였다.

신녀는 그런 홍원을 유심히 살폈다. 이윽고 입을 열었다.

"혹, 저희도 약초를 의뢰할 수 있을까요?"

"어떤 것을 원하시는지요? 저 같은 평범한 약초꾼은 캐올 수 있는 것이 별로 없습니다."

"괜찮습니다. 표국 식구들의 상비약을 만드는 용도에 적당한 약초들을 구해주시면 됩니다."

신녀의 말에 홍원은 고개를 끄덕였다.

"그 정도라면 가능할 것 같군요. 시간은 얼마나 주실 수 있는지요?"

"칠 일 정도면 괜찮을 것 같습니다."

"알겠습니다. 그러면 칠 일 후에 제가 천선표국으로 가도록 하지요."

그렇게 대화를 마친 홍원은 집으로 돌아왔다.

어머니가 문 앞에서 기다리고 계셨다.

"기다리고 계셨어요?"

홍원이 돌아오자 어머니는 홍원의 뒤를 한참 살피더니 아들의 손을 이끌고 방으로 들어갔다.

"그들이 무슨 말을 하더냐?"

방에 들어오자마자 급하게 물었다.

"약초를 좀 구해달라고 하더군요. 표국 식구들 상비약을 만드는 데 필요하다고요."

"아아……."

홍원의 말에 어머니는 얼굴을 감싸 쥐었다.

"왜 그러세요?"

홍원이 어머니의 한 손을 잡고 물었다.

"하기로 했느냐?"

"예. 약방에 넘기는 것보다 값이 좋으니까요."

"안 된다."

어머니가 단호히 말했다.

"왜 그러시는데요?"

홍원이 다시 물었다.

"그들은 위험한 사람이야… 그때도 저 둘이 찾아왔다. 그때 난 몸이 안 좋아 방에 누워 있느라, 저 두 사람을 직접 마주치지는 않았다만… 문틈으로 그 큰 사람은 분명히 봤어."

어머니는 흐느끼듯 말씀을 이었다.

"그게 무슨 말씀이세요?"

홍원이 다시 어머니에게 물었다. 하지만 어머니가 왜 저런 반응을 보이시는지는 추측할 수 있었다.

'어머니는 저들이 아버지를 찾아온 걸 보신 거야.'

읍성 사람들은 오랜 시간 전 찾아온 신뇌와 거도를 잊었을 수도 있다.

하지만 어머니는 아니었다. 아버지의 죽음에 연관된 사람들이라 생각한다면 절대 잊을 수 없으리라.

"그 덩치 큰 사람이 그때도 외팔이였는지는 기억이 나지 않는단다… 하지만 저들이 오고 난 다음 날 네 아버지가 향산으로 갔고… 그리고……."

어머니는 채 말을 끝맺지 못하고 눈물을 흘리셨다.

그 뒷말은 듣지 않아도 알 수 있었다.

"흐음, 내가 그리 험상궂게 생겼나?"

신뇌와 함께 천선표국으로 돌아가던 거도가 물었다.

"왜?"

"그 부인 말이야. 날 보더니 눈가가 떨리더라고. 애써 참는 거 같기는 했지만……."

"하루 이틀 일도 아닌데 뭘 그리 신경을 쓰고 그래."

신뇌가 대수롭지 않게 말했다.

거도는 늘 신경 쓰는 일이었다. 자신을 처음 본 사람들의 반응에 무척이나 민감했다.

하지만 열이면 열 모두 첫 만남에서는 거도의 인상에 겁을 집어먹었다.

그 덕에 그 둘은 홍원의 어머니가 자신들의 얼굴을 알아보았음은 생각지도 못했다.

"그런데 약초 의뢰는 왜 한 거야?"

"지켜보려고."

거도의 물음에 신뇌가 짧게 답했다.

"뭘 지켜본다는 거야? 난 너처럼 머리가 좋은 놈이 아니니까 자세히 이야기해 줘."

거도의 불평에 신뇌는 피식 웃었다. 말은 저리해도 자신이 아는 거도도 여간 약삭빠른 것이 아니었으니 말이다.

"오늘 만난 홍원이라는 친구는 그의 아들이다. 그때 우리의 길잡이를 해줬던 그 엽사의 아들."

"그렇지."

"너도 똑똑히 기억하고 있겠지? 그가 우리를 데리고 갔던 그 신비한 길?"

"기억하다마다. 아직도 그때의 그 일이 꿈인지 생시인지 모를 정도야. 떠올리기 싫어서 더 그런지도 모르지."

거도가 회한이 가득한 얼굴로 하늘을 올려다보며 답했다.

"어쩌면 홍원이라는 친구도 그 길에 들어갈 수 있을지도 모르지. 아비가 가진 특별한 능력을 아들에게 가르쳤을 수도 있으니까."

신뇌가 의미심장한 표정을 지으며 말했다.

"열다섯에 고향을 떠났다고 하지 않았던가?"

당시 장무양과 북면을 헤매며 이야기를 나눌 때 들었던 이야기다.

"그 정도 나이면 충분하지."

신뇌는 고개를 끄덕이며 말했다.

"그런데 그게 무슨 의미가 있는 거지?"

"큰 의미가 있지. 어쩌면 단리유화를 이끌고 그 길을 통해 북면으로 갔을 수도 있다는 이야기니까."

"흐음… 난 당최 알 수가 없어."

신뇌의 말에 거도가 고개를 저었다.

"뭐가 말인가?"

"대체 단리유화 그 계집이 뭐라고 우리가 이곳까지 와서 이래야 하느냐 말이지. 태상호법께서는 무슨 생각이신 건지……."

신뇌 역시 같은 생각인지 말이 없었다.

우문기영 홀로 아는 과거의 사실에 따라 현재 천선문이 움직이고 있었다.

임무에 대한 타당한 근거나 설명이 없었기에, 그들은 스스로 생각하고 의문을 가지게 되었다.

단리유화라는 사람은 천선문에게 크게 영향을 끼칠 만한 인물이 아니었다. 그녀가 갑자기 강해진 것은 놀랍고 신기한 일이긴 하나 그뿐이다.

강해져 봐야 거도 한 사람조차 감당하지 못할 것이다.

그런데 그런 그녀 때문에 신뇌와 거도, 그리고 환영까지 움직였다.

더군다나 예전에 태상호법의 명을 받고 떠났던 은월은 그 소재가 불분명하다.

비은팔호법으로서는 의구심이 들 수밖에 없는 상황이었다.

"그렇긴 하지… 하지만 난 언젠가는 이곳에 다시 한 번 와보고 싶었다."

신뇌가 입을 열었다.

"이곳을? 왜?"

"그 신기한 길, 그 원리를 알고 싶었거든. 북면에서 있었던 일은 모두 잊으려 했지만 그 길만은 잊을 수가 없었어."

"그래서 성과는?"

"여러 가지 진법을 응용해서 비슷한 흉내를 내볼까 했는데 어렵더군."

"후후, 잊어."

홍원은 애써 어머니를 진정시켰다. 그들에게는 그저 표국으로 약초만 가져다 줄 뿐이라고. 어머니께서 걱정이시면 중간에 약방을 이용해서 전하겠다고 했다.

동면에 약초를 캐러 가는 것은 평소 하던 일이니 걱정 마시라 했다.

그렇게 겨우 어머니를 진정시킬 수 있었다.

대장간의 황 노인도 그렇고, 어머니도 그렇고.

그 두 사람에 대해 조금 더 알아봐야 할 듯했다. 분명 아버지의 죽음과 관련이 있었다.

'어쩌면 그들이 아버지를……'

꽉 쥔 주먹에 힘이 잔뜩 들어갔다.

저녁 무렵 홍원은 집을 나섰다. 어머니의 상태를 지켜보느라 쉬이 떠날 수 없었다.

상비약으로 만들어둔 청심환을 두 번이나 드렸다.

그나마 어머니가 평소의 모습으로 돌아온 것을 확인하고 집을 나섰다. 홍산과 홍해가 돌아오니 어머니도 한결 편해지신 듯했다.

홍원은 곧장 진구를 찾아갔다.

이제는 구 년 전의 일이지만, 왠지 진구라면 무언가 알고 있을 것 같았다.

진구는 자신의 집에 홀로 있었다.

홍원은 조용히 진구의 방으로 들어갔다. 그리고 내공을 사용해 소리를 차단했다.

"뭔 일이냐? 우리 집에를 다 오고. 나가는 게 어때?"

진구의 물음에 홍원이 고개를 저었다.

"아니, 조용히 좀 물어볼게 있어서."

평소와 다른 홍원의 모습에 진구는 침을 꿀꺽 삼키고는 친구를 바라봤다.

"내가 떠나고 나서 칠 년 뒤, 그러니까 이제는 구 년 전이겠네."

"아저씨께서 돌아가신 해?"

홍원의 말에 진구는 그때가 어느 때인지 정확히 기억해 냈다.

"그래, 혹시 그때 지금 천선표국의 국주와 부국주를 본 적이 있어?"

홍원의 물음에 진구는 천천히 기억을 더듬었다.

그때면 자신은 말단 병사일 때다.

그리고 그때도 자신의 병과는 성문 수문병이었다.

"그러고 보니……."

아무 생각 없이 보고 지나쳐서 미처 인지하지 못했다.

"당시에 닮은 사람이 왔던 것도 같다."

진구의 특기였다. 사람의 얼굴은 기가 막히게 외웠다. 그 덕에 지금까지 줄곧 수문병을 하고 있는 것이다.

홍원이 돌아온 날, 한 번에 홍원을 알아본 것도 그 때문이다.

"구 년 전의 일인데 정말로 기억이 나는 거냐?"

"너희 집을 물어봤었거든. 무양이라는 사냥꾼을 찾아왔는데 혹시 어디로 가면 만날 수 있냐고."

홍원의 아버지는 동면에서 나름 실력이 있는 사냥꾼이었기에 종종 사냥이나 약초 의뢰를 하러 오는 사람들이 있었다고 했다.

그래서 진구도 대수롭지 않게 여겼을 것이다.

그렇게 기억을 더듬던 진구의 얼굴이 변했다.

"그러고 보니… 아저씨께서 북면에서 화를 당하신 게 그러고 나서 얼마 되지 않았을 때였어."

진구의 말에 고개를 끄덕인 홍원은 자리에서 일어났다.

"고맙다. 그리고 나랑 한 이야기는 아무한테도 하지 말고 잊어. 종현이나 철우한테도 절대 말하면 안 된다."

"그, 그래."

굉장히 심각한 홍원의 얼굴에 진구는 고개를 끄덕였다.

홍원은 진구의 집을 나섰다.

'그들이 아버지를 찾은 이유가 뭘까?'

집으로 향하는 홍원의 고민이 깊어졌다.

그런 홍원의 걸음이 경천회의 저택을 지나쳐 갔다. 홍원은 몇 걸음 더 걷다가 우뚝 멈춰 섰다.

그리고 경천회의 저택을 다시 바라보았다.

모용연과의 첫 만남이 떠올랐다.

당시 호진백은 해미성에서 북면의 길잡이를 구하다가 아버지를 추천받았다고 했었다.

'북면.'

홍원의 머릿속에 스치는 생각이다.

걸음이 경천회의 저택 정문으로 향했다. 모용연에게 물어봐야 할 것이 생겼다.

"장 공자께서 저를 다 찾으시고 무슨 일이신가요?"

접객실에서 모용연이 홍원을 마주 보고 앉아 있었다. 그녀로서는 무척이나 의외인 일이다.

홍원은 은연중 경천회의 사람들과 마주치는 것을 최대한 피해왔다. 그녀도 그것을 느꼈기에 굳이 홍원에게 다가가지 않았다.

그저 홍산과 홍해가 모용혜와 친하게 지내는 것이 고마울 뿐이었다.

그 고마움에 단리유화를 소개시켜 주기는 했지만, 딱 거기까지였다. 거기에 홍원은 몇 달씩이나 읍성을 떠나 있지 않았던가.

"여쭐 것이 있어서 실례를 무릅쓰고 뵙기를 청했습니다."

"말씀하세요."

모용연은 미소 띤 얼굴로 흔쾌히 말했다.

"소저께서 처음 저희 집을 찾으셨을 때의 일입니다. 해미성에서 선친의 이야기를 어떻게 들으신 건지요?"

홍원의 말에 모용연은 천천히 기억을 더듬었다.

채 일 년이 지나지 않은 일이다. 아니, 이제는 거의 일 년이 다 되어가려나.

그래도 그때는 무척이나 절박했었기에, 당시 상황이 머릿속에 일목요연하게 남아 있었다.

"우리가 당시 해미성에서 찾았던 길잡이는 초 서방이라는 사람이었어요. 북면 길잡이는 당시에 그가 유일하다고 했죠."

모용연이 당시 상황을 떠올리며 이야기했다.

"그의 말로는 읍성에 수시로 북면을 들락거리는 뛰어난 실력의 사냥꾼이 있다고 했어요. 팔 년 전에, 아, 이제는 구 년 전이 군요. 그때 영물 사냥을 온 사람들의 길잡이로 북면에 들어선 것을 가마골이라는 곳에서 만난 적도 있다고 했고요."

"그랬군요."

"네. 당시 워낙 다급했던지라 똑똑히 기억하고 있어요. 그 때문에 공자께 실례도 저질렀고요. 다시 한 번 그때 일은 죄송해요."

모용연의 말에 홍원은 고개를 저었다.

"아닙니다. 이미 다 지난 일입니다. 오히려 저야말로 오늘 도움에 감사드립니다."

"별말씀을요. 그저 기억하고 있는 이야기를 해드린 것뿐인데요."

홍원은 그렇게 모용연에게 인사를 하고 저택을 나왔다.

모용연은 저택의 입구까지 나와 홍원을 배웅했다. 천천히 걸음을 옮기는 홍원의 뒷모습을 모용연은 묘한 눈으로 바라보았다.

'무슨 일일까? 그의 기세가 심상치 않았는데…….'

홍원은 감춘다고 감췄지만 모용연은 느낄 수 있었다. 영물 사냥 이야기를 할 때 순간이지만 홍원의 기도가 변했다.

아버지의 일이었기에 홍원도 평정심을 유지하는 것이 어려웠던 것이다.

'그들이 분명하다.'

여기까지 알아본 홍원은 결론을 내릴 수 있었다.

그 두 사람이 아버지와 북면에 들어갔다. 그리고 아버지는 치명상을 입고 집으로 돌아온 후 돌아가셨다.

북면에서 무슨 일이 있었다.

그들과 아버지 사이에 말이다.

외모가 다르다는 황 노인의 말, 외팔이였는지 기억이 나지 않는다는 어머니의 말.

거기에 비추어보면 그 두 사람도 그때 북면에서 큰일을 당하긴 한 것이다.

'설마 천선문이 연관이 되어 있을 줄이야…….'

공교로웠다.

어쨌든 천선문의 사부님의 사문이자 자신의 사문이기도 하다. 사부는 자신에게 신경 쓰지 말라 하셨지만, 사부의 사문인 것만은 분명했다.

그런 곳이 아버지의 죽음과 연관이 있다니.

심경이 복잡해졌다.

'너무 앞서 나가는 걸까?'

홍원은 문득 그런 생각이 들었다.

북면은 위험한 곳이다. 산의 길을 벗어난다면 아버지는 일각도 버티지 못했을 곳이다.

그런 곳에 위험을 무릅쓰고 가신 것이다.

'왜 가신 걸까?'

아버지는 나름 실력 있는 사냥꾼이셨기에 무리해서 북면을 가지 않으셔도 가족의 생계는 문제가 없었다.

아무리 어머니의 몸이 안 좋으셨어도, 그 약값 정도는 충분히 감당하실 수 있었으리라.

그런데 굳이 북면으로 가셨다.

홍원은 문득 읍성에 돌아왔을 때의 어머니 몸 상태를 떠올렸다.

당시의 어머니 상태로 구 년 전 어머니의 몸 상태를 정확히 알아내는 것은 불가능한 일이다. 그러나 대략적인 추측은 가능하다.

'어머니의 병의 원인은 산후풍이야.'

쌍둥이를 출산하셨다. 아마도 몸의 기력이 무척이나 빠져나 갔을 것이다.

'산후풍이 악화되어 전체적인 쇠약이 찾아온 거야. 거기에 아 버지의 죽음까지 겹치면서… 산과 해가 아니었다면 어찌 됐을 지 몰라.'

홍산과 홍해를 낳느라 몸이 약해지신 것이지만, 또한 홍산과 홍해가 어머니의 삶의 이유가 되어주었다.

'쇠약해진 정도가 심해서 아마도 읍성의 의원에서는 충분히 약을 쓰지 못했을 수도 있어.'

홍원 자신은 내공까지 사용해서 어머니를 치료했다.

읍성의 의원에게 그런 수준의 치료를 바라는 것은 당연히 무 리다.

'어쩌면……'

아버지는 어머니를 치료할 영약을 구하기 위해 북면을 들락 거리신 것인지도 모른다.

그렇게 북면을 탐색하시면서 깨달으셨을 것이다.

아버지 혼자서는 무리라는 것을 말이다.

어쩌면 그래서 그 두 사람의 길잡이를 하셨는지도 모른다.

자신은 그들의 길잡이가 되어주고 그들은 자신의 호위가 되 어주고.

그런 공생 관계였을지도 모르는 일이다.

아직 섣불리 판단을 내릴 수는 없었다. 홍원이 천선문과 얽 힌 일들이 많아 꿈속에서 천선문을 박살 냈지만 아직 확실한 건 없었다.

지금 이것 또한 홍원의 추측일 뿐이다.

홍원이 집에 돌아왔을 때는 밤이 깊었다.

어머니는 이 시간까지 홍원을 기다리고 계셨다. 다시 한 번 어머니를 안심시켜 드렸다.

어머니는 지금 홍원에게 무슨 일이 생길까 두려워하셨다.

아버지에게 무슨 일이 생기기 전에 찾아왔던 사람이 오늘 찾아왔으니까.

어머니 같은 평범한 아낙은 설마 그 험상궂은 자가 아버지를 해쳤다는 생각은 하지도 못한다.

그냥 마을 아낙이시니 말이다.

다만 그 사내는 어머니께 불운의 전조와 같이 되어버린 듯했다.

그가 오고 아버지는 북면으로 가셨다가 불귀의 객이 되어 돌아오셨으니.

"어머니, 저는 북면에는 절대 안 가요. 걱정하지 마세요. 제 깜냥은 제가 잘 알아요."

그렇게 홍원은 몇 번이고 어머니를 안심시켜 드렸다.

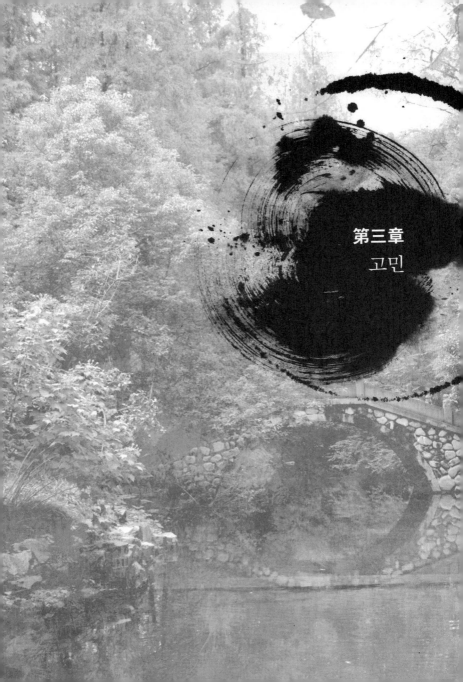

第三章
고민

여름이 절정으로 치닫는 시기다.

이른 아침에도 내려쬐는 태양의 열기에 땀방울이 금세 맺힌다.

홍해는 이런 아침부터 마당에서 열심히 팔다리를 놀리고 있었다. 모용혜와 같이 무공을 배우며 익힌 기초 권각술이었다.

홍원은 방문을 열고 나오면서 그런 동생의 모습을 보았다.

제법 자세가 잡혀 있었다.

그러고 보니 홍해의 아침 수련은 처음 보는 것 같았다. 집으로 돌아온 후 홍해가 수련하기 전에 집을 나섰다가, 아이들이 학관에 다녀온 후 집으로 들어오는 일상을 보낸 탓이다.

그사이 방에서는 홍산이 글을 읽는 소리가 들린다.

동생들은 저마다 좋아하는 것에 열심이었다.

절로 미소가 지어졌다.

홍원은 마당 근처에 앉아 물끄러미 홍해가 수련하는 모습을 보았다.

모용연에게 배운 사상권법이 제법 자리를 잡고 있었다. 삼재심법으로 키운 내공도 단전에 단단히 자리를 잡고 있었다.

홍원은 그 모습에 깜짝 놀랐다.

'겨울이 끝날 무렵부터 수련을 시작했으니 아직 반년이 채 되지 않았을 텐데?'

그 정도 기간 동안 수련한 것이라고 믿을 수 없는 성취였다.

무공을 익히는 것이 재미있다고 하더니, 홍해에게 의외의 재능이 있는 듯했다.

홍산의 글 읽는 소리가 낭랑히 울려 퍼지고 그 소리에 맞춘 듯 홍해가 손발을 휘두른다.

그 모습이 썩 그럴 듯하고 보기가 좋아 홍원은 계속해서 지켜보았다.

잠시의 시간이 흐르고 네 초식의 사상권법을 모두 펼친 홍해가 자세를 정리하고 호흡을 진정시켰다.

"어땠어요, 오라버니?"

홍원이 지켜보고 있음을 진작부터 알고 있었던 듯했다.

"훌륭해."

"정말요?"

활짝 웃는 홍해에게 홍원은 고개를 끄덕여 주었다. 땀으로 흠뻑 젖은 얼굴로 웃는 모습이 홍원의 눈에는 그렇게 예쁠 수가 없었다.

"어서 씻어야지."

"네."

홍해는 기운차게 대답하고 홍원이 만들어둔 욕실을 향해 뛰어갔다.

그즈음 홍산의 글 읽는 소리도 멈췄다.

홍원으로서는 들어도 채 절반도 이해하지 못할 내용이었다.

사부에게 나름 학문에 대해 배웠는데도, 지금 홍산이 공부하는 게 훨씬 수준이 높았다.

대단하다는 생각이 절로 들었다.

홍산이 문을 열고 나왔다.

"형님, 안녕히 주무셨어요."

홍산이 꾸벅 허리를 숙인다.

"그래. 글 읽는 소리가 좋더구나."

홍원의 말에 홍산은 머리를 긁적이며 웃었다.

"네 수준이 대단하구나. 나는 아무리 들어도 채 절반도 그 내용을 모르겠다."

"사실은 저도 그래요. 그래서 계속 공부하는 거구요."

홍원의 말에 홍산이 부끄러운 듯 웃으며 말했다.

"그래도 대단해. 네 나이에 그 정도 성취라니. 학관의 선생님들이 훌륭하신 모양이야."

홍원의 말에 홍산이 두 눈을 빛내며 말했다.

"그게 몇 달 전에 황도에서 학사님이 오셨어요. 헤아의 실력이 저희 학관 학사님들로는 감당이 안 된다고 하시면서요. 굉장히 대단하신 대학사님이신데, 어쩌다 보니 저도 석 달 전부터 대학사님께 배우게 돼서……."

잔뜩 흥분한 그 모습이 보기 좋았다.

"그럼 더 열심히 공부해야겠네."

홍원의 말에 홍산은 결의에 찬 얼굴로 고개를 끄덕였다.

모처럼 동생들과의 시간을 보낸 홍원은 다 함께 아침 식사를 마치고 집을 나섰다.

아이들을 학관까지 바래다주고는 곧장 동면으로 향했다.

일단 의뢰받은 일은 해야 했다. 하지만 어머니께서 걱정하시니 오늘은 일찍 들어오기로 마음먹은 터다.

홍원이 서문을 나감과 동시에 한 사내가 빠르게 움직였다. 그가 향한 곳은 천선표국이었다.

"그 친구가 향산으로 갔다는군."

신뇌가 거도에게 말했다.

"따라가 볼 생각인가?"

거도의 물음에 신뇌가 고개를 끄덕였다.

"그러면 나도 가야지. 잠깐만 기다려."

자신의 처소에 다녀온 거도의 좌수에 흑빛이 나는 의수가 어깨에 달려 있었다.

"웅? 그건 큰 전투가 있을 때나 장착하지 않았던가?"

"자네 의심대로 흑여 북면으로 가게 될지도 모르니까."

거도의 말에 신뇌는 고개를 끄덕였다.

그들은 빠르게 읍성의 성벽을 넘어 동면으로 향했다. 향산의 입구부터는 기척을 죽이고 조심스레 홍원의 흔적을 찾았다.

비은팔호법 중 신뇌가 가장 재주가 많았다.

신뇌는 은월에 비할 바는 아니지만 어느 정도의 추적술을 익혔고, 홍원의 흔적은 그런 신뇌의 실력으로도 발견할 수 있었다.

홍원은 동면에 들어서 세 번째 하수오를 찾았을 때쯤 자신을 쫓는 기척을 느꼈다.

아마도 그러지 않을까 했다.

느껴진 기척은 신뇌와 거도였다.

'역시 왔군.'

홍원은 그들을 모르는 척하며 동면 곳곳을 누볐다.

점심때가 되어서는 집에서 준비해 온 주먹밥과 육포로 요기도 했다.

홍원은 그리 깊지 않은 동면 어귀를 다니면서 꾸준히 약초를 캤다.

신뇌와 거도는 그런 모습을 가만히 숨어서 지켜보았다. 홍원이 그들을 눈치채고 있음은 꿈에도 몰랐다.

[약초를 찾아내는 능력이 보통이 아닌데?]

거도의 전음에 신뇌는 가만히 고개를 끄덕였다.

힐끗 보고 호미질을 하면 지초나 하수오, 작은 삼이 나왔다.

상당히 실력 있는 사냥꾼이라고 들었는데, 오히려 약초꾼으로서의 실력이 훨씬 좋은 것이 아닌가 싶었다.

그렇게 오후가 되었다.

홍원은 미련 없이 가득 찬 망태기를 메고는 읍성으로 향했다.

여름날이었기에 아직 해가 길었으나 홍원은 신시 말엽(오후 5시)에 읍성의 서문을 지났다.

신뇌와 거도는 멀리서 그 모습을 지켜보았다.

"그냥 평범한 약초꾼인데?"

"오늘은 그렇군."

거도의 말에 신뇌가 고개를 끄덕였다.

"혹여나 정말로 북면에 가게 되면 어쩌나 하고 긴장한 내가 우습군."

거도가 헛웃음을 지으며 말했다.

"우리가 부탁한 약초라면 북면으로 갈 일은 없을 거야. 그래도 그 신기한 길로 들어가는 것은 아닌가 하고 기대했는데… 내가 너무 생각이 많았던 것인가?"

"뭐, 일단 며칠은 지켜보자고."

그들이 천천히 걸어가는 사이 홍원은 빠르게 움직였다.

그들의 기척은 분명히 느끼고 있었다. 그랬기에 홍원은 천선표국으로 스며들었다.

그들이 돌아올 때까지 남은 이각 남짓한 시간을 이용해서 국주실을 뒤졌다.

특별히 나오는 것은 없었다.

'오늘은 아무것도 없군.'

괜찮았다.

저들이 오늘 하루만 자신을 쫓지는 않을 테니까.

홍원은 조용히 빠져나와 집으로 향했다. 잠시 후 돌아온 신뇌와 거도는 국주실에 침입자가 있었음을 전혀 알아차리지 못했다.

용의주도한 신뇌가 국주실의 문이 열린 적이 있는지 확인하기 위해 문틈에 살짝 숨겨놓았던 머리카락마저 홍원이 발견해 처음의 위치 그대로 복원해 둔 덕이다.

홍원이 집에 돌아오자 어머니는 무척이나 반기셨다.

그렇게 사흘이 더 흘렀다.

그동안 홍원의 일상은 똑같았다. 아침에 홍산의 글 읽는 소리를 듣고, 홍해의 무공 수련을 봤다.

그리고 동면에서 약초를 캐고, 천선표국의 국주실을 살폈다.

신뇌와 거도의 일상도 같았다.

홍원이 서문을 나갔다는 소식이 오면 표국을 나서 홍원의 뒤를 은밀히 따르며 동면을 헤매다가 돌아왔다.

그사이 홍원에게 소득이 하나 있다면 쓰다 만 보고서 하나를 봤다는 것 정도다.

하지만 별 내용은 없었다.

단리유화와 관련된 홍원이라는 약초꾼을 쫓고 있으나 아직은 특이 사항이 없다는 일상적인 이야기였다.

그날 밤.

홍원은 홀로 그 조용한 주점을 찾았다.

그냥 한잔이 생각나서 홀로 나온 참이다. 친구들과 함께하면 시끌벅적하니 너무 많이 마실 것 같았다.

간단한 안주와 한잔 술을 마시며 홍원은 생각에 잠겼다.

'아버지와 관련된 일을 그들에게 직접 묻는다? 대답을 해줄 리가 없지. 아니면 은월처럼 사령탈혼술을 건다? 그 다음은?'

하루 동안 걸리면 백치가 되어버리는 술법이다. 짧은 시간 사용한다면 그 정도는 아니겠지만 분명 후유증이 남는다.

신뇌 정도 되는 이가 그 후유증을 눈치채지 못할 리 없다.

그가 백치로 되도록 해도 문제고, 그렇지 않아도 문제다.

천선문의 이목이 읍성으로 집중될 테니 말이다.

'그냥 천선문으로 가서 우문기영을 처리한다?'

어쩌면 이 방법이 좋을지도 몰랐다.

지금 이 모든 것을 지휘하는 이가 그였다. 은월을 보냈던 이도 그였고.

천선문의 위치라면 두 곳 중 한 곳일 거다.

사부께서 알려주신 곳, 아니면 꿈에서 쳐부수던 곳.

홍원은 고민과 함께 술을 마셨다.

밤은 깊어갔다.

밤이 깊어지니 무더운 기운이 한결 가셨다.

밤하늘의 별이 유독 밝게 빛나고 있었다.

그런 별빛을 무심히 올려다보며 술잔을 기울이는 이가 있다.

북궁휘용이다.

아무도 없는 넓은 방의 창가에 그 홀로 앉아 자작하고 있었다.

그의 눈빛은 깊고도 깊었다.

많은 생각을 가지고 있는 눈빛이다.

"노야, 그대의 충성심은 참으로 대단합니다. 오로지 천선문만을 위해 온갖 노력을 다 하시니."

빈 잔에 술을 채웠다. 하늘을 향해 잔을 살짝 들고는 다시 마셨다.

그의 오른손 중지에 끼워진 작은 옥반지가 유독 반짝였다.

천선문의 문주의 신물이다.

"하지만 그 노력에 비해 성과는 너무 부족합니다, 노야."

북궁휘용은 중얼거리면서 다시 잔에 술을 채웠다.

"아무것도 얻으신 것 없이 은월 호법은 사라졌어요."

쓸쓸한 얼굴로 중얼거렸다.

비은팔호법은 무척이나 소중한 문의 인재들이다. 한데 그중 한 명의 행방이 묘연하다.

아마도 다시 볼 수 없으리라.

남면으로 향한 뒤 소식이 끊겼으니.

"그리고 노야는 너무 그 괴물에게만 집착하고 있어요. 우리의 적은 많습니다. 대륙을 북궁 황실의 발아래에 두려면 갈 길이 구만리입니다."

다시 한 잔 술이 목구멍으로 넘어갔다.

"부디 이번에는 실망을 주지 않았으면 좋겠습니다."

북궁휘용의 자작은 거기까지였다. 의자에서 몸을 일으킨 그는 하늘을 잠시 더 올려 보다가 침실로 향했다.

"그래야 이번에야말로 제가 저 수많은 별들을 품은 하늘이 될 수 있지 않겠습니까?"

북궁휘용의 입가에 야망이 가득한 미소가 떠올랐다가 사라졌다.

광평성.

경천회가 자리한 남동성도다.

유검은 지금 광평성의 중심가를 걷고 있었다. 우문기영에게 받은 새로운 임무 때문이다.

무유검선 백리평의 흔적을 쫓아라.

바라마지 않은 임무였다.

무유검선은 유검에게 있어서 반드시 뛰어넘고 싶은 선망의 대상이었으니까.

그의 검에 반해 무유팔절검해를 익혔고, 미친 듯이 수련했다.

그의 흔적을 향산 남면에서 발견했을 때, 내심 얼마나 기뻤던가.

임무를 받고 유검은 다시 대륙의 서부로 향했다. 성현성에 도착한 유검이 가장 먼저 찾은 곳은 궁가방(窮家幫)이다.

대륙 어디에나 있는 거지들의 방파.

구걸하면서 모이는 온갖 잡다한 정보를 모아두는 방파다.

하오문과 함께 대륙에서 가장 많은 정보를 가진 집단일 것이다.

무유검선의 성격을 생각한다면 그에 관한 정보는 궁가방에 더 많을 것 같았다.

기녀와 도박꾼, 소매치기 등등 하류 인생들이 모인 하오문과 무유검선이 얽힐 일은 없을 듯했다.

궁가방에서 사흘을 머물렀다.

가지고 있는 방대한 정보에 비해 정리는 엉망이었기 때문이다.

그런 곳에서 십오 년 이전의 한 인물에 대한 정보를 찾아달라고 했으니 사흘 만에 찾은 것은 어찌 보면 굉장히 빨리 찾은 것이다.

무유검선의 풍모 때문이었다.

어디나 있을 법한 노인의 모습이었으나, 쉬이 범접할 수 없는 위엄이 은연중 흐르는 사람이었다.

그 풍모 때문에 무유검선을 기억하는 거지가 몇 있었고, 그 기억 덕에 사흘 만에 정보를 찾을 수 있었다.

'한 아이를 데리고 동쪽으로 떠났다는 정보를 토대로 뒤를 쫓다 보니… 건화성에 광평성이라……. 천하를 엄청나게 돌아다니셨구나.'

유검은 고개를 절레절레 저었다.

그야말로 천하 곳곳 주유하지 않은 곳이 없었다. 어떤 곳은 성을 두 개는 건너뛴 흔적이 발견되기도 했다.

그나마 흔적을 쫓는 동안 무유검선의 성향을 대략이나마 짐작할 수 있게 되어 건화성을 거쳐 광평성까지 흔적을 쫓아온 것이다.

대로를 걸어 유검이 도착한 곳은 거대한 문 앞이다.

사방을 내리누르는 위용이 가득한 문이다. 그리고 그 위에 걸린 거대한 편액.

경천회(敬天會).

세 글자가 당당히 쓰여 있었다.

문 양쪽에는 정기가 흐르는 눈을 가진 수문위사들이 절도 있는 자세로 서 있었다.

이곳에 와서 경천회의 정문을 선망 어린 눈으로 바라보다 가는 이들이 많았기에 일정 거리 이상 떨어져 있는 이들에게는 아무런 제재도 하지 않았다.

유검도 딱 그 정도 거리에서 가만히 경천회를 바라보았다.

유검이 쫓은 무유검선의 흔적은 향산에서 시작되었다. 그 이전의 무유검선의 행적에 대해서는 아무것도 모른다.

그랬기에 무유검선의 흔적이 경천회로 이어지는 것에 고개를 갸웃거렸다.

광평성의 궁가방에서 얻은 정보에는 분명 노인이 한 아이를 데리고 경천회로 들어갔다 나왔다고 했다.

그 이후에도 몇 번 더 그 노인은 경천회에 들렀다.

광평성의 궁가방에 있는 자료를 뒤지니 그 어느 곳보다 무유검선의 흔적이 많았다.

'경천회와는 무슨 연관이 있으신 것인지……'

유검은 알 수 없었다.

세상 그 어느 것에도 얽매이지 않는 행보를 보이던 분이 갑자기 사대세력 중 한 곳을 드나들었다니.

무유검선의 흔적이 가장 많은 곳이 광평성이며, 건화성 역시 그에 못지않았다.

건화성은 광평성 바로 지척에 있는 성으로 그곳 역시 경천회의 영역이었다. 본 단은 광평성에 있으나, 건화성 역시 본 단 못지않은 크기의 지단이 있는 곳이다.

유검은 당분간 광평성과 건화성을 오가며 그 의문에 대한 답을 찾아와야겠다고 생각을 하며 몸을 돌렸다.

경천회의 수문위사들 중 그 누구도 그런 유검을 눈여겨보지 않았다.

수문위사의 눈에 그는 흔히 보이는 보통의 중년인일 뿐이었다.

어느새 그림자가 길어졌다.

굵은 땀방울을 흘리던 홍산과 홍해의 호흡이 제법 거칠어졌다. 그 곁에는 역시 얼굴이 땀범벅인 모용혜가 있었다.

한데 모용혜의 얼굴이 어두웠다.

입술을 달싹거리는 것이 무언가 두 아이에게 할 말이 있는데 차마 하지 못하는 모양새다.

그 모습을 보던 모용연이 한발 앞으로 나섰다. 언니의 그런 행동을 확인한 모용혜가 고개를 세차게 저었다. 그리고 홍산과 홍해를 향해 입을 열었다.

"나… 이제 집으로 돌아가야 해."

휴식을 취하며 호흡을 고르고 있던 두 아이가 깜짝 놀랐다. 특히 홍산의 눈이 세차게 떨렸다.

"원래 반년만 요양차 이곳에 머물기로 아버지랑 약속했어. 그래서 이번 달까지만 있고 다음 달에는 돌아가야 해."

그렇게 말하는 모용혜의 두 눈에는 눈물이 그렁그렁했다.

천천히 이야기하면 차마 말을 못 끝맺고 눈물을 흘릴 것 같았는지 단숨에 자기 할 말을 마쳐 버렸다.

너무나 갑작스러운 소식을 빨리 전해 버렸기 때문인가. 잠시 동안 두 아이는 멍한 얼굴로 모용혜를 바라보았다.

"미안해. 이제야 말해서."

모용혜는 고개를 푹 숙였다.

눈물이 바닥으로 뚝뚝 떨어지기 시작했다.

그간 정이 들 만큼 들어버린 아이들이다. 그런 아이들에게 이 이별은 너무나도 갑작스러웠다.

진작 말을 해야 했는데, 너무 미루었다.

하지만 모용혜는 도무지 입을 뗄 수가 없었다. 더 이상은 미룰 수 없어 오늘에야 이야기한 것이다.

상황을 온전히 이해했는지 홍해의 눈에도 눈물이 차오르기 시작했다.

홍해도 눈물을 뚝뚝 흘렸다.

홍산도 눈이 붉게 충혈되었다. 애써 눈물을 참는 모습이다.

두 아이도 알고 있었다. 혜아가 언젠가는 읍성을 떠날 것이라는 걸.

막상 떠난다는 이야기를 듣자 감정이 주체가 되지 않았다.

그런 아이들의 모습에 작은 한숨을 내쉰 모용연이 세 아이를 달랬다.

"걱정 말렴. 멀리 떨어지지만 그래도 소식도 전할 수 있고, 가끔 만날 수도 있을 거야. 영영 헤어지는 것은 아니니까."

오히려 그 말이 시발점이 된 것일까?

모용혜과 홍해가 꺼이꺼이 울기 시작했고, 결국 홍산도 눈물을 흘렸다.

이제 열한 살인 아이들이지만, 여전히 아이였다.

그 무렵 홍원은 동면에 있었다.

이번에는 사흘 일정으로 들어왔다. 요 며칠간 아무 일이 없었기에 어머니도 어느 정도 마음의 안정을 찾으셨다.

사흘 정도 동면을 돌아다니며 자신의 뒤를 쫓는 거도와 신뇌의 동태를 살필 생각이었다.

두 사람은 이번에도 오후에 자신이 돌아갈 것이라 생각할 테니, 갑작스러운 변화에 그들이 틈을 보일지도 몰랐다.

[뭐지? 이제 돌아갈 시간 아닌가?]

거도의 전음에 신뇌가 고개를 갸웃거렸다. 확실히 그랬다. 이 며칠간 홍원은 딱딱 정해진 대로 움직였으니까.

게다가 사흘 뒤에는 자신들이 의뢰한 약초를 가져다줘야 한다.

그런데 아직도 동면 더 깊은 곳으로 들어가고 있었다.

[혹시 오늘은 이곳에서 밤을 보내려는 것인가?]

낭패한 얼굴로 거도가 다시 한 번 전음을 보냈다. 그들은 산속에서 노숙할 준비가 전혀 되어 있지 않았다.

당장 먹을 것도 없었다.

저녁에 표국으로 돌아가 식사를 할 예정이었다.

짧은 며칠이었지만 홍원이 너무나 규칙적인 움직임을 보였기에 이들은 미처 이런 돌발 상황을 준비하지 못한 것이다.

[이건 전적으로 내 실수다. 너무 조용한 마을에서 지냈더니… 나도 완전히 풀어져 버렸어.]

신뇌가 거도에게 전음을 보냈다. 스스로를 자책했지만 이미 늦었다.

어쩔 수 없었다.

하룻밤은 어떻게든 버티는 수밖에.

그사이 밤은 찾아왔고, 홍원은 능숙히 노숙 준비를 마쳤다. 그리고 준비해 온 건량과 육포, 주먹밥으로 저녁을 해결하고 잠자리에 들었다.

거도는 아련한 눈으로 그런 홍원의 모습을 바라보았다.

평소에는 그다지 거들떠보지도 않던 육포와 주먹밥이 오늘은 그 어느 진수성찬 부럽지 않았다.

겨우 한 끼를 거른 거로 이런다는 사실이 부끄러워 홀로 침만 꿀꺽 삼킬 뿐 신뇌에게는 아무런 내색도 하지 않았다.

다음 날 아침.

홍원은 동면에서 더욱 깊은 곳으로 들어갔다.

갈수록 나무가 우거져 거도와 신뇌는 홍원의 뒤를 쫓는 데 애를 먹었다.

걸음을 옮기는 와중에도 홍원은 두 사람이 잘 따라오고 있는지 기척을 살피는 것을 잊지 않았다.

내공을 끌어 올려 청각을 최대한 예민하게 했음에도 두 사람의 대화는 들리지 않았다. 현재 두 사람은 제법 떨어져 있었기에 서로 작은 소리로 대화 정도는 나눌 줄 알았으나, 아무 말이 없었다.

아마도 전음으로 대화를 나누는 듯했다.

'철두철미하군. 무공도 없는 사냥꾼 뒤를 쫓으면서 전음으로 의사소통을 한다니.'

신뇌의 성격 때문에 그랬다.

두 사람에게 전음 정도는 일상 대화와 차이가 없기도 했다.

[저 녀석은 어디까지 들어가려는 걸까?]

홍원은 계속해서 서쪽으로 움직이고 있었다. 산속에서의 걸음도 빨라서 뒤를 쫓는 게 여간 힘든 것이 아니다.

[이대로 가다간 중심 근처까지 가는 것 아니야?]

거도가 계속해서 신뇌에게 물었다.

[향산은 사냥꾼의 걸음으로 이틀 정도 걸었다고 중심에 도달할 만큼 작은 산이 아니야.]

신뇌가 안심하라는 듯 답했다.

향산의 중심은 그야말로 신비에 싸인 곳이다.

지금까지 그곳을 다녀왔다고 하는 사람은 단 하나도 없었다. 그곳이 어떤 곳인지 소문조차 나지 않은 곳이다.

그랬기에 북면보다 더한 금지로 소문이 나 있다.

아무것도 모르는 곳만큼 두려운 곳도 없었다.

홍원은 두 사람을 달고 움직이면서 여전히 고민 중이었다. 어떻게 해야 할지 결정을 내리지 못했다.

이런 자신이 너무나 답답했다.

마치 고구마를 잔뜩 먹고 물이 없어 목이 막힌 듯한 답답함이다.

'내가 이랬던가?'

읍성에 돌아오기 전까지 모든 일에 있어서, 빠르고 합리적인 결정을 내려왔다고 생각했다.

그래서 자신에게 이런 면이 있을 것이라고는 생각지도 못했다.

가족.

그 두 글자가 자신을 이렇게 만든 것 같았다.

'평범하게 살려고 한 것이 문제일지도……. 난 평범한 사람이 아닌 것을. 후우, 차라리 꿈속의 내가 부럽구나. 그 거침없는 패도가 부러워.'

꿈속에서 홍원은 거침없이 황궁으로 쳐들어가 천선문을 박살 냈다.

황제가 있다는 누각도 일도에 쪼개 버리지 않았던가.

"그때는 가족이라고는 없었으니……."

홍원은 꿈을 떠올렸다. 자신이 꿈속에서 읍성에 갔을 때는 어머니마저 이미 돌아가신 후였다.

"아!"

그때 문득 떠올랐다.

홀로 남아 힘겨운 삶에 찌든 얼굴로 자신을 향해 원망을 쏟아내던 홍해의 얼굴이 말이다.

꿈속의 홍원에게 남아 있는 가족이라고는 홍해가 유일했었다.

그런 여동생을 보고 씁쓸하게 읍성을 떠났었다.

"그때는 지킬 것이 없었구나. 그래서 거침이 없었어. 아니, 어떻게 되든 상관이 없다는 심정이었던가?"

홍원은 꿈속에서 천선문과 싸우던 때를 다시 떠올려 보았다.

지금까지 이렇게 자세하게 떠올려 본 적은 없었다. 그다지 중요하지 않다고 생각했었다.

그리고 그 부분에서 꿈이 끊기기도 했었다.

홍원은 우뚝 멈춰 섰다.

꿈속을 더듬다가 불현듯 단초가 찾아왔다.

지금까지 계속해서 고민하던 평범이라는 화두에 대한 단초.

지금은 곤란했다.

자신을 지켜보는 시선이 둘이나 있었으니.

하지만 그냥 보내 버리기에는 너무나 아쉬운 단초였다.

지금까지 쌓이고 쌓인 경험과 명상의 결과가 드디어 둑을 무너뜨리려는 순간임을 직감했기 때문이다.

이번을 놓치면 다음은 언제일지 몰랐다.

홍원의 걸음이 빨라졌다.

어느 정도 두 사람의 시야에서 사라졌다고 느껴졌을 때, 홍원은 걸음을 한 번 더 내디뎌 산의 길로 들어섰다.

신뇌와 거도가 그곳에 도착한 것은 일각이 지난 후였다.

더 이상 홍원의 흔적은 없었다.

거도는 당혹해했다.

[뭐, 뭐지? 어디로 간 거야?]

거도가 어쩔 줄 몰라 할 때 신뇌는 꼼꼼히 주변을 살폈다.

신뇌의 추적술은 나름대로 제법 괜찮은 수준이었다.

그런 자신의 추적술로 흔적을 찾지 못하는 사냥꾼이 있을 거라고는 생각할 수 없었다.

무공을 익히지 않은 일반인의 흔적은 절대로 놓치지 않을 자신이 있었다.

그런데 흔적을 놓쳤다.

그것도 향산에서.

그렇다면 결론은 하나다. 적어도 신뇌는 그렇게 생각했다. 그것도 자신이 겪은 적이 있었기에 그런 결론을 내릴 수 있었다.

[녀석은 그곳에 들어갈 수 있다.]

그랬다. 그 아비처럼 그 신기한 길로 들어갈 수 있는 것이다.

아마도 지금 그 녀석은 그 길에 들어선 것이리라.

그 길 속에서는 밖을 아무렇지도 않게 볼 수 있고 소리도 들을 수 있다. 그랬기에 신뇌는 홍원이 없음을 알고 있음에도 전음을 사용했다.

[어쩌면 그 길에서 지금 우리를 보고 있을지도 모른다.]

신뇌의 전음에 거도가 사방을 두리번거렸지만 아무것도 없었다. 자신이 아무리 찾아봐도 찾을 수 없다는 것을 거도는 알고 있었다.

그런데도 반사적으로 나온 행동이다.

"흐음……."

신뇌는 작게 침음을 흘렸다.

그리고 품에서 작은 통을 꺼냈다.

[뭐야, 그건?]

거도가 신기하다는 듯 물었다.

[지난 세월 동안 북면은 잊으려 했지만, 그 길만은 잊을 수가 없어서 연구를 좀 했다. 지금까지 그 길이 어디에 있는지 찾을 수가 없어서 연구 결과를 확인하지 못했지.]

신뇌는 홍원이 마지막으로 남긴 흔적을 꼼꼼히 찾았다.

[하지만 근처에 있다는 것을 알면 시험해 볼 수 있을 거야.]

신뇌는 통을 열었다. 그 속에는 작은 나무 막대 수십 개가 들어 있었다.

[모두 벽조목으로 만든 거다. 뇌기와 목기가 가득한 물건이야.]

신뇌는 궁금해할 거도를 위해 굳이 전음으로 설명을 해줬다. 그러고는 천천히 움직이며 나뭇가지를 군데군데 꽂기 시작했다.

[뭘 하는 거지?]

[진법을 펼치는 거다.]

굉장히 신중한 얼굴로 방위를 찾는 신뇌의 모습에 거도는 더는 묻지 않고 잠자코 그 모습을 지켜보았다.

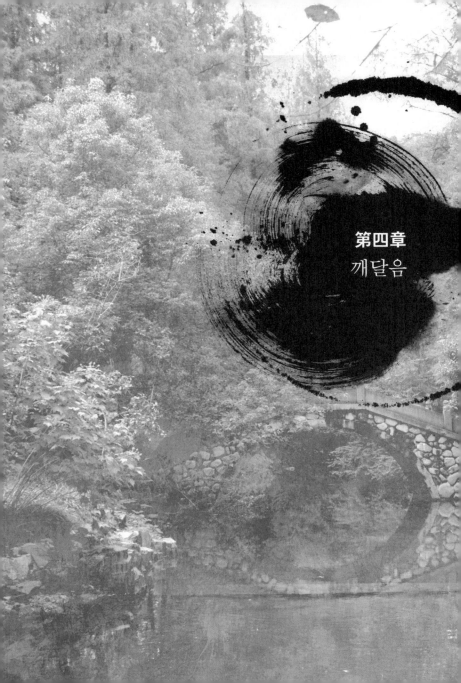

第四章
깨달음

하후필이 문을 열고 들어서자 교하운이 물었다.

"그들은 오늘도 똑같은가?"

"네, 오늘도 서문을 나가 향산 동면으로 향했습니다."

"왜 그럴까? 장 엽사에게 뭐가 있기에 그 둘이 쫓는 거지?"

교하운의 물음에 하후필은 고개를 저었다.

"솔직히 모르겠습니다. 그는 그냥 능력 있는 사냥꾼일 뿐입니다."

"거참, 천선문에서 굳이 이런 곳에 비은팔호법 중 두 사람이나 보내서 표국을 차렸는데. 하는 일이 사냥꾼 뒤를 밟는 것이라."

교하운이 알 수 없다는 얼굴로 고개를 저었다.

"저도 도무지 알 수가 없습니다."

"어허, 필이 자네가 그러면 안 되지."

야율초가 끼어들었다.

신뇌와 거도가 은밀히 홍원을 감시하듯이, 사혈궁 역시 은밀히 신뇌와 거도의 움직임을 감시했다.

애초에 그럴 목적으로 교하운이 수하들을 이끌고 읍성을 찾은 것이다.

그런데 그들의 움직임이 사혈궁에 혼란을 주었다.

이곳에서 무언가를 꾸밀 것이라 예상을 했는데, 하는 짓이 그저 사냥꾼 한 명의 뒤를 밟는 것이다. 그것이 무슨 의미인지 고민하느라 하후필은 머리가 터질 지경이었다.

"그냥 물어보는 게 어떻습니까?"

너무 답답했던지 야율초가 교하운에게 말했다.

"누구에게? 무엇을 말인가?"

교하운이 이해하지 못했다는 얼굴로 다시 되물었다.

"장 엽사에게 말입니다. 천선문이라는 단체의 호법 두 사람이 자네 뒤를 은밀히 쫓고 있는데 뭔가 짐작 가는 게 없냐고요."

너무나 거침없는 방법에 하후필이 고개를 절레절레 저었다.

"자네는 너무 단순해서 문제야."

하후필의 말에 야율초는 동의할 수 없다는 얼굴로 말했다.

"자네는 너무 복잡해서 문제지."

두 사람의 그런 기 싸움을 교하운은 잠자코 지켜봤다. 그들과 지내면서 한두 번 겪는 일이 아니기 때문이다.

이제는 익숙해졌다. 자신이 끼어들어 봐야 아무 소용이 없다는 것도 잘 알고 있었다.

"그런데 직접 물어보는 것도 방법이 될 수도 있지 않겠나?"

두 사람의 다툼을 보며 곰곰이 생각하던 교하운이 입을 열었다.

너무 무식한 방법 같았지만, 지금처럼 아무것도 짐작이 안 될 때는 써봄직한 방법 같았다.

홍원과 그들이 아무런 관계가 없다면 모르지만, 적어도 성현성에서 나름의 인연을 맺지 않았던가.

"평범한 사냥꾼입니다. 우리가 알려준다고 해봐야 그런 일이 있었는 줄도 모를 겁니다."

하후필이 부정적으로 말했다.

그렇기도 했다. 무림과는 전혀 연관이 없는 사냥꾼이니까.

"혹시 은거 고수, 그런 거일지도 모르지."

야율초가 툭 끼어들었다.

그 말에 하후필은 그저 피식 웃을 뿐 아무 말도 하지 않았다. 야율초 자신도 자신의 말이 얼마나 말도 안 되는 억지인지 알았기에 그저 시선을 돌릴 뿐이다.

홍원은 가부좌를 틀고 앉았다.

그리고 자신을 향해 노도처럼 몰려오는 깨달음의 바다에 몸을 던졌다.

'평범.'

자신에게 던져진 화두였다.

'결국 평범이란 타인을 평가할 때 하는 말이다. 비범 역시 타인을 평가할 때 하는 말이고. 나와 비교해서 저 사람은 어떤가. 다른 사람과 비교해서 저 사람은 어떤가. 자신을 평범하다 하려면 결국 남과 비교해야 해.'

홍원은 북해에서의 명상과 그간의 하나둘 모인 단초의 조각을 조합하며 생각을 정리해 갔다.

"대저 보통이란 게 무엇인가?"

산인이 자신에게 던졌던 화두.

보통의 의미를 찾기 위해 평범함에 매달렸다.

보통은 곧 평범한 것이라 생각했기에.

그리고 지금 그 평범에 대한 자신의 생각이 정리되고 있었다.

철우는 보통의 사람인가? 보통의 표두인가?

자신이 보기에는 그렇다.

하지만 진구가 본다면? 비영이 본다면? 종현이 본다면?

철우는 뛰어난, 비범한 표두다.

보통이란 결국 누가 평가하느냐에 달라진다.

홍원 자신이 보기에는 철우, 진구, 종현, 비영 모두 보통 사람이지만, 그들이 서로를 보기에는 달라진다.

진구는 성실한 병사고, 비영은 훌륭한 숙수이며, 종현은 뛰어난 상인이며, 철우는 실력 있는 표두다.

그들 모두 보통 사람이 아니다.

자신이 요리를 한다면 보통보다 못한 요리가 나올 것이며, 자신이 장사를 한다면 그냥 망할 것이다.

홍원은 무공이라는 재주가 있기에 병사나 표두의 일은 할 수 있을지 몰라도, 요리나 장사 같은 쪽은 보통 그 이하다.

결국 모든 사람은 보통 사람이고, 또한 모든 사람은 보통 사람이 아니다.

저마다의 개성과 재능을 가지고 최선을 다하는 삶이다.

그 경지가 어떻든 누군가가 보통이라 평가할 수는 없는 것이다.

그 자신은 최선을 다하는 삶이기에.

본질.

결국 본질이란 그 자신이 가진 올곧음이다. 다른 이의 평가에 따라 달라지는 것이 아닌, 오롯이 자신으로 존재하는 것.

타인의 평가나 간섭에 흔들리지 않는 것.

흑운은 흑운 그 자체로 뛰어난 묵검이다. 아무리 덧입힌다고 해서 그 자신의 묵빛 검신이 사라질 수 없다.

홍원 자신이 아무리 무공을 모르는 사냥꾼으로 살려고 해도, 자신이 무공을 익힌 이상 그것은 사라질 수 없다.

무공은 홍원이 홍원이기 위한 본질 중 하나이니.

익히고 있는 것을 익히지 않았다 할 수 없는 노릇이다.

홍원 그 자신은 이미 보통 사람이며, 그 본질 중 하나가 뛰어난 무공일 뿐이다.

무공이 없는 사람과 섞여서 살기 위해 무공이 없는 척하는 것은 스스로를 부정하는 것과 다름없었다.

있는 그대로에 충실한 삶.

자신이 할 수 있는 최선을 다하는 삶.

그것이 보통 사람의 평범한 삶이다.

자신의 친구들은 이미 그런 삶을 살고 있었다. 오직 자신만 모르고 있었다.

'내가 가장 멍청하군. 쓸데없는 생각만 많을 뿐.'

근무 시간 이후의 시원한 막걸리에 삶의 즐거움을 이야기하는 친구.

어쩌면 홍원 자신은 그보다도 삶에 대한 성찰이 부족했는지도 모를 일이다.

'난 이미 보통 사람이다.'

그렇게 결론을 내리는 순간 거대한 기운이 홍원을 향해 몰려왔다.

또 하나의 벽이 깨지는 순간이다.

산의 길 밖에서 신뇌는 신중한 얼굴로 모든 벽조목을 방위에 맞게 꽂았다.

그렇게 펼친 진법에서 뇌기가 피어올랐다.

신뇌가 수 년 간의 연구 끝에 만들어낸 진법이다.

진법이 일으키는 기운이 동면에 퍼져 있는 기운과 충돌을 시작했다.

진법과 충돌을 일으키는 기운은 산의 길을 구성하는 기운들이었다.

그 모습에 거도는 긴장한 채 앞을 바라보았다. 신뇌는 기대감이 가득한 눈빛이다.

기운과 기운이 얽히고 충돌하는 순간.

공간이 갈라졌다.

그 갈라진 틈으로 두 눈을 감고 가부좌를 틀고 앉아 있는 사내의 모습이 보였다.

홍원이다.

"저곳이군."

작게 중얼거린 신뇌는 고개를 끄덕이며, 그 틈으로 들어가려 막 발을 옮기는 찰나.

틈이 닫혔다.

팍! 파파파팍! 파팍!

그리고 벽조목들이 모두 터져 나갔다.

신뇌는 낭패한 얼굴로 그것들을 쳐다보았다.

"뭐야? 왜 그래?"

갑작스러운 현상에 깜짝 놀란 거도가 전음을 사용해야 한다는 것도 잊고 육성으로 물었다.

[기운이 부족했어. 벽조목에 깃든 기운이 부족해서, 저 길을 여는 순간 버티지 못하고 모두 터진 거다.]

낭패한 표정 그대로 신뇌는 전음으로 거도에게 답했다.

그제야 거도는 자신이 큰 소리를 낸 것을 깨닫고 다시 신뇌에게 물었다.

[그러면 이제 어떻게 해야 하는 거지?]

거도의 물음에 신뇌는 답이 없었다. 그의 머릿속은 복잡하기 그지없었다.

잠깐 열린 틈으로 세찬 기운이 요동치는 것을 느꼈다. 금세 닫혔기에 확신할 수는 없지만, 어쩌면 저 사냥꾼은 무공을 익혔는지도 모르겠다는 생각이 들었다.

잠깐 느낀 그 기운은 심상치가 않았다.

[일단 돌아가자.]

신뇌는 결정을 내렸다.

두 사람은 몸을 돌렸다. 왔던 길로 다시 돌아갔다.

그들이 떠날 때쯤.

홍원은 깨달음의 절정에 있었다.

휘몰아치는 기운이 홍원을 향해 빨려 들어갔다. 홍원의 내부를 가득 채운 기운은 다시 밖으로 미친 듯이 뿜어져 나왔다.

그리고 다시 빨려 들어갔다.

기운의 드나듦이 쉬지 않고 이어졌다.

이윽고 기운의 폭풍이 멈추고 홍원이 두 눈을 떴다.

홍원이 몸을 일으키자 각질 같은 가루가 우수수 떨어졌다.

떨어진 가루에서는 악취도 풍겼다.

기운의 폭풍에 몸 안의 노폐물이 모두 날아가 버리고, 악취만 남았다.

환골탈태의 껍질이 가루가 되어 부스러져 내렸다.

지난번의 환골탈태와는 다른 형태다.

몸에서 냄새가 나지도 않았다. 부스러져 내린 껍질에서 냄새가 날 뿐이다.

두 번째 환골탈태이기에 몸 안의 탁기가 거의 없기 때문인지도 모를 일이다.

홍원은 가만히 자신의 몸 내부 상태를 관조했다.

그 후 기억을 더듬었다.

"팔 할 정도인가?"

이번의 깨달음으로 꿈속의 자신의 경지를 좀 더 정확히 알 수 있게 되었다.

천선문을 박살 내던 꿈의 마지막 장면.

그때가 가장 강했을 때다.

그리고 지금은 그때의 팔 할 정도인 듯했다.

이전에는 몰랐으나 이번 깨달음으로 확실히 비교하고, 그 차이를 인지할 수 있었다.

빨랐다.

꿈속의 자신보다 훨씬 빠른 속도의 성장을 보이고 있었다.

십수 년의 세월을 불과 일 년 만에 따라잡은 것이다.

읍성으로 돌아왔기 때문이다.

꿈속과는 걸어가는 길이 완전히 달랐다. 그리고 결과도 완전히 달랐다.

훨씬 **빠**른 속도로 강해지고 있으며 훨씬 행복했다.

잊었던 것들, 놓쳤던 것들을 많이 찾을 수 있었다.

홍원은 산의 길 밖을 내다보았다.

아무도 없었다.

밖의 기척을 느끼려면 밖으로 나가야 한다.

"아마도 내가 사라졌다는 것을 알았겠지?"

삼매지경에서 거도의 외침을 들은 것도 같았다. 이번 깨달음으로 온전히 모든 정신이 깨달음의 바다에서 허우적거렸다.

분심이 되지 않았다.

그만큼 강렬하고도 노도와 같은 깨달음이었다.

"앞으로는 이런 기회가 오면 조심해야겠어."

그야말로 무방비 상태였다.

홍원이 산의 길 밖으로 나와 주변의 기척을 살폈다.

가까운 곳에는 거도와 신뇌가 없었다.

자신의 기운을 점점 더 넓게 퍼뜨렸다.

어느 정도까지 퍼뜨리자 두 사람의 움직임을 느낄 수 있었다.

그들은 홍원으로부터 멀어지고 있었다. 이미 상당히 멀어져 있었다.

이곳을 떠나고 시간이 제법 흐른 듯했다.

그러고 보니 어느새 사방이 어두워져 있었다.

"돌아가고 있나 보군."

이내 홍원은 묘한 표정을 지으며 중얼거렸다.

"그쪽으로 가다가는 읍성으로 돌아갈 수 있을지……."

홍원의 뒤만 줄곧 쫓은 그들이다. 홍원이 남긴 흔적만을 쫓아왔다.

이전에는 홍원을 따라 읍성으로 돌아갔기에 돌아가는 길도 어렵지 않았을 것이다.

하지만 이번에는 그들이 먼저 귀환을 선택하고 길을 나섰다.

지금 동면에서도 제법 깊숙한 곳으로 들어와 있는 상태였다. 이곳에서 읍성으로 가는 길은 동면에 익숙한 사냥꾼이나 약초꾼이 아니면 무척이나 힘든 일이다.

과연 그들이 왔던 길을 그대로 기억하고 있을까?

홍원이 지금 살핀 바로는 아마도 동면에서 고생깨나 할 듯했다.

"나랑은 상관없는 일이니."

홍원은 담담한 얼굴로 웃음을 띤 채 집으로 향했다.

사방이 어두워져 있었지만, 이 정도 어둠은 홍원에게는 아무것도 아니었다.

제법 깊게 들어온 탓에, 천천히 걸으면 내일 새벽 무렵이면 읍성에 도착할 것이다.

급할 것이 없었기에 홍원은 이번 깨달음을 다시 처음부터 천천히 음미하고 정리하며 걸었다.

"돌아가면 홍해의 무공부터 좀 봐줘야겠군."

자신에 대한 마음가짐이 바뀐 홍원의 중얼거림이었다.

동쪽 하늘이 어스름히 밝아올 때쯤 홍원은 읍성에 도착했다.

해가 빨리 뜨는 여름인지라, 이제 막 성문이 열리고 있었다.

성문이 열리는 시간은 계절에 따라 차이가 조금 있지만, 일정한 편이다. 겨울에는 깜깜할 때 성문이 열리기도 한다.

아직 이른 새벽이지만 성문이 활짝 열렸다.

막 수문병들이 경계 근무를 서려 나오다가 홍원을 발견했다.

"이번에는 동면에 제법 오래 있었네요."

수문병 하나가 홍원을 알아보고 말했다. 이틀 전에 홍원이 서문을 나간 것을 그들은 모두 알고 있었다.

"동면에서 뭔가 기연 같은 게 있어서."

홍원은 빙긋 웃으며 말했다.

"우와, 엄청 귀한 약초 찾으셨나 봐요!"

아직은 앳된 얼굴이 남아 있는 수문병이 깜짝 놀란 얼굴로 말했다.

홍원은 그저 웃음만 남기고 성문을 통과했다.

기연이라고 해봐야 이곳에서는 귀한 약초 정도로 생각하고 있었다.

홍원의 걸음은 가벼웠다.

그간 몇 달을 매달려 온 화두를 해결했으니 어찌 가볍지 않으랴.

집에 도착하니 막 홍해가 아침 수련을 준비하던 참이었다.

"오라버니!"

홍원이 돌아온 것을 홍해는 웃음 가득한 얼굴로 반겼다. 어머니도 홍해의 외침에 잠깐 나오셔서 아들의 건강한 모습을 확인하시고는 들어가셨다.

홍산도 문을 열고는 꾸벅 인사를 했다.

이윽고 홍산의 글 읽는 소리가 낭랑히 퍼져 나오기 시작했다.

그와 동시에 홍해는 천천히 사상권법을 펼치기 시작했다.

중원 어느 문파를 가도 쉬이 볼 수 있는 권법이다. 그러나 홍해는 천하 절기를 수련하는 자세로 한 동작 한 동작 최선을 다해 펼쳤다.

홍원은 망태기를 내려놓고 동면에서 캐온 약초를 정리하면서 그 모습을 가만히 바라보았다.

홍해의 나이와 수련 기간을 생각한다면 더없이 훌륭했지만, 홍원의 눈에는 곳곳에 허점이 보였다.

홍해가 사상권법 사식을 모두 펼쳤을 때쯤, 홍원도 약초 손질을 끝냈다.

"홍해야."

"네, 오라버니."

홍원이 몸을 일으켜 홍해에게 다가갔다. 막 사상권법을 끝내고 호흡을 고르던 차였다.

"아주 훌륭한데, 몇 군데 조금 손봐야 할 곳이 보이네."

홍원의 말에 홍해는 깜짝 놀란 얼굴로 두 눈을 동그랗게 떴다.

설마 오라버니가 무공에 대한 조예가 있을 줄을 몰랐다는 얼굴이다.

무공을 익혔다는 이야기를 들은 것 같았지만, 대단한 실력이 아니라서 누군가를 가르치거나 할 정도는 아니라고 알고 있었다.

"자, 다시 처음부터 천천히 펼쳐보자."

홍원의 말에 홍해는 일식 소음식부터 펼치기 시작했다.

"자, 여기랑 여기. 일단 두 군데만 고치자. 여기서는 손을 좀 더 쭉 뻗고, 여기서는 다리를 조금 더 옆으로 딛고."

그렇게 홍원은 홍해의 사상권법을 조금씩 손봐주었다.

홍원이 시키는 대로 권법을 펼친 홍해는 깜짝 놀랐다.

어딘가 막힌 듯 느껴졌던 곳들이 상당 부분 해소가 된 것이다.

"오라버니! 대단하세요!"

홍해는 존경이 가득한 눈으로 홍원을 바라보았다. 홍원은 그저 빙그레 웃었다.

"벌써 장 엽사가 돌아온 지 이틀이 지났는데, 신뇌와 거도가 아직 안 보인다고?"

교하운의 물음에 하후필이 알 수 없다는 얼굴로 고개를 끄덕였다.

"그렇습니다."

"어찌 된 일일까?"

교하운은 영문을 모르겠다는 얼굴이었다. 그들 정도 되는 고수를 홍원이 어떻게 했을 리 없다는 생각이었다.

"대체 향산에서 무슨 일이 있었는지, 원……."

그리 말하는 와중에 교하운은 식사에 열중했다.

점심 식사 자리에서 신뇌와 거도의 행방에 대해 물은 것이다.

그가 특별히 초빙한 숙수의 요리였기에 교하운은 큰 불만 없이 점심 식사를 즐기고 있었다.

그때 야율초가 들어왔다.

"어디를 갔다 온 건가?"

"서문 쪽을 좀 둘러보고 왔습니다. 그 두 사람 조금 전에 읍성으로 돌아왔습니다."

야율초의 말에 두 사람의 시선이 그를 향했다.

"무슨 일이었다던가? 그들이 쫓아나갔던 장 엽사보다 이틀이나 늦게 돌아오다니."

교하운의 말에 야율초가 고개를 저었다.

"그걸 제가 알 수가 없지요. 직접 물을 수도 없는 노릇이구요."

야율초의 말이 맞았다. 자신들도 은밀히 천선문의 동태를 감시하는 것이니, 그들에게 그 연유를 직접 알아볼 수도 없는 노릇이다.

"다만 돌아왔을 때 두 사람의 몰골을 보아하니……."

"보아하니?"

"아마 길을 잃은 게 아닌가 싶습니다."

"허."

야율초의 말에 교하운의 입에서 허탈한 한숨이 흘러나왔다.

"그런 고수들이 산에서 길을 잃는다고?"

교하운이 말도 안 된다는 얼굴로 물었다. 대답은 하후필의 입에서 나왔다.

"그럴 수 있습니다. 향산같이 그 산세가 거친 곳에서 충분히 있을 수 있는 일입니다. 그나마 동면에서 길을 잃은 듯하고, 그들 두 사람이니 이렇게나마 돌아올 수 있었겠지요. 남면 같은 곳으로 갔다면 아마 길을 못 찾고 그곳에 갇혔을 수도 있습니다."

"거참, 그 두 사람은 대체 무엇 때문에 이곳으로 온 걸까? 그들 때문에 괜히 나까지 이곳에 이러고 있는데… 답답하군."

그러나 교하운은 그런 말과는 달리, 남아 있는 음식의 맛을 음미하며 남은 식사를 마음껏 즐기고 있었다.

그때 홍원은 동문을 향해 가고 있었다.

이미 의뢰받은 약초는 천선표국에 가져다준 터다.

국주와 부국주가 부재중이었지만, 그 아래 사람들에게 전해 주고 보수도 받아 챙겼다.

걸음을 옮기던 홍원은 신뇌와 거도가 읍성에 들어왔음을 느꼈다.

'예상보다는 빨리 빠져나왔군.'

동면이 남면이나 북면에 비해서는 접근이 용이한 곳이라 하지만, 홍원은 동면에서도 굉장히 깊은 곳까지 들어갔었다.

자신의 뒤만 따라서 동면을 드나든 두 사람이 쉽게 길을 찾아 나올 만한 곳은 절대 아니었다.

"왔냐?"

진구의 목소리가 들리자 홍원은 상념에서 깨어났다.

"이제 곧 근무가 끝이지?"

"그렇지. 그런데 그건 뭐냐?"

진구가 홍원의 허리에 달린 흑운을 가리키며 물었다.

"검."

"누가 그걸 몰라서 물어? 그 검은 왜 그렇게 가지고 다니냐고."

"사부님께 배운 게 있으니까."

홍원의 대답에 진구가 피식 웃었다.

떠돌이 약장수에게 배운 검법이라고 해봐야 얼마나 대단할까 하는 얼굴이었다.

"대단한 고수 나셨네. 킥, 어서 가자."

진구가 앞장서서 걸었다.

여전히 햇살은 따가웠다. 두 사람은 그늘막이 쳐진 주점으로 들어가 시원하게 막걸리를 들이켰다.

홍원은 시원한 막걸리를 마실 때면 집에 빙고를 만들어야겠다는 생각을 했다.

"무슨 생각 하냐?"

진구가 물었다.

"아, 집에 빙고를 하나 지을까 해서."

홍원은 머릿속에 떠올렸던 생각을 가감 없이 이야기했다.

"빙고라… 좋지. 하지만 지금은 얼음을 구할 길이 없으니 힘들 테고. 빨라야 올 겨울에나 가능하겠네."

"그렇지. 다만 집에 이제 빙고를 지을 만한 공간이 없어서."

홍원이 돌아와서 우물도 파고, 이것저것 만드느라 제법 공간이 있었던 마당이 이젠 빈자리가 없었다.

빙고마저 만들어 버리면, 홍해가 수련을 하는 자리는 아예 없어져 버릴 것이다.

진구는 잠시 홍원의 집 마당을 떠올리고는 고개를 끄덕였다.

"그렇겠네. 그렇다면 땅을 좀 더 사야겠네."

"그래야지."

"돈은 괜찮아?"

홍원은 고개를 끄덕였다.

종현에게 투자했던 금액만 해도 충분할 것이다.

"그러면 자리가 문제네. 너희 집 근처에 있는 곳에 물건이 있어야 한다는 거니까."

그게 문제였다.

"그건 내가 한번 알아봐 줄게. 잘 아는 거간꾼이 있으니까. 아니면 종현이 녀석한테 이야기해도 되겠다."

"뭐, 겨울까지 시간이 있으니까. 급한 건 아니다."

그렇게 두 사람은 다시 막걸리를 마셨다.

느지막한 오후가 될 무렵, 홍원은 자리에서 일어났다. 이제 곧 경천회의 저택에서 동생들이 나올 시간이다.

모처럼 동생들 마중을 가볼 생각이었다.

"그럼 나 먼저 간다."

홍원은 진구에게 손을 흔들고는 경천회의 저택으로 향했다.

때를 딱 맞췄다.

홍원이 도착할 때쯤, 막 동생들이 나오고 있었다. 모용연과 모용혜가 문 앞에서 동생들을 배웅하고 있었다.

"오라버니!!"

홍원을 가장 먼저 발견한 이는 홍해였다. 오빠를 보자마자 부리나케 홍원에게 달려왔다.

"오늘 하루도 잘 보냈지?"

홍해를 안아주고 웃는 얼굴로 물었다.

"물론이죠. 그런데 오라버니, 막걸리 냄새가 너무 심해요."

홍해가 짐짓 코를 잡고 얼굴을 찡그리며 말했다.

붉게 상기된 얼굴로 홍원은 그저 웃었다. 동생이 맡기에는 술 냄새가 참기 어려울 수도 있겠다 싶었다.

"오랜만이에요, 장 공자."

"오랜만에 뵙습니다, 모용 소저."

홍원이 모용연에게 길잡이에 대해 물으러 찾았을 때 이후 처음 만나는 것이다.

모용연의 시선이 홍원의 허리로 향했다.

"아? 이 검 말씀이십니까? 마침 좋은 녀석을 구해서요."

홍원이 빙긋 웃으며 말했다.

"그렇군요. 잘 어울리시네요."

모용연은 의미심장한 웃음을 지었다.

"그럼 저희는 이만 가보겠습니다."

홍원이 꾸벅 허리를 숙이고는 동생들과 함께 집으로 향했다.

홍해는 어느새 묵린의 등에 올라탔다.

홍산은 홍원 옆에서 걸음을 옮겼다. 동생들과 함께 집으로 가면서 홍원은 고개를 갸웃거렸다.

'이 녀석들 평소랑은 많이 다른데?'

아이들이 내색은 하지 않고 있지만, 평소에 비해 기운이 많이 빠진 모습이었다.

힘들거나 피곤해서 그러는 것이 아니었다.

말 그대로 기운이 안 나는 것이었다.

그렇게 걸음을 옮기는 세 남매를 모용연은 묵묵히 바라보았다.

"변했네."

"언니, 뭐가?"

모용연의 작은 혼잣말에 모용혜가 물었다.

"아무것도 아니야."

동생의 물음에 모용연은 고개를 젓고는 다시 저택 안으로 걸음을 옮겼다.

'항상 무언가를 숨기고 있는 듯한 그 느낌이 사라졌다. 하나도 숨김없이 모든 것을 다 드러내는 사람들처럼.'

모용연은 대체 그에게 무슨 일이 있었던 건지 궁금했다.

자신의 타고난 감각이 말해주고 있었다. 그는 모든 것을 숨김없이 드러내고 있다고.

"연아."

모용중호였다.

지난번 숭무련의 무림대회 때 이곳에서 모용혜를 돌보기 위해 읍성에 왔다가 그대로 머무르고 있었다.

"네, 숙부."

"방금 누구를 만나고 온 것이냐?"

"산이 형님이에요. 홍원 오라버니요."

대답은 모용혜가 했다.

"그래?"

모용중호는 고개를 갸웃거렸다.

"왜 그러시죠?"

그런 모용중호의 모습이 이상해서 모용연이 물었다.

"아니. 얼핏 방금 어마어마한 존재감을 느껴서 말이다. 그런데 느꼈다 싶은 순간 사라졌다가, 사라졌다 싶은 순간 나타나기도 하고… 내가 잘못 느낀 것인지도 모르겠다."

모용중호는 그 말을 남기고 자리를 떠났다.

홍원이 깨달음을 얻은 결과임을 그들이 알 리가 없었다. 이제 홍원은 의식적으로 스스로의 경지를 숨기지 않아도, 다른 이들이 쉬이 알아볼 수 없게 되었다.

그저 자연스럽게 스스로 오롯이 존재하게 된 것이다.

숨기려 해도 숨겨지지 않고, 드러내려 해도 드러나지 않는 그런 경지에 이르렀다.

홍원은 그저 자연스레 그 스스로의 모습 그대로 있었다. 모용연의 수준에서는 그런 홍원의 경지를 느낄 수 없었지만, 모용중호는 얼핏 그런 홍원의 존재감을 미약하게나마 느꼈다.

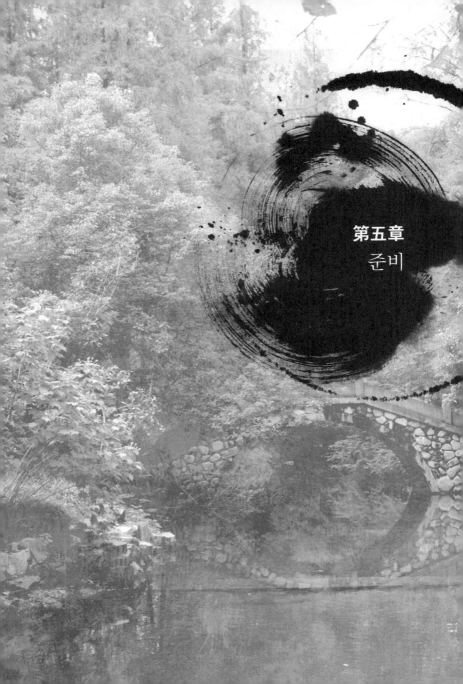

第五章
준비

"흐음, 어쩐다……."

홍원은 초가지붕 위에 누워서 밤하늘을 올려다보며 중얼거
렸다.

집에 돌아와 저녁을 먹으면서 아이들의 표정이 그랬던 이유
를 들을 수 있었다.

이제 곧 경천회의 일행이 그들의 근거지인 남동성도 광평성
으로 돌아간다고 했다. 홍산과 홍해는 그것이 아쉬운 것이고.

그러던 차에 모용혜가 혹시 자기 집으로 놀러올 생각은 없
냐고 물은 것이다.

홍해는 아무것도 모르고 좋다고 했지만, 홍산은 광평성이 이
곳에서 얼마나 먼 곳인지 잘 알고 있었다.

너무 멀어 갈 수가 없기에 두 아이들의 표정이 그랬던 것이다.

더해서, 홍해는 무공을 가르쳐 줄 사람이 사라지는 것이고, 홍산은 학문의 스승이 사라지는 것이다.

모용혜 때문에 황도에서 특별히 읍성을 찾은 대학사였기에, 모용혜가 떠나면 대학사도 떠나는 것이 당연했다.

아이들을 경천회에 데리고 간다 하더라도 모용혜가 읍성에 몇 달을 머문 것처럼 머물 수는 없다. 그리고 정말로 먼 길이다.

경천회에 간다손 치더라도 이별이 그저 조금 늦춰지는 것뿐, 그 이상의 의미는 없을 것 같았다.

홍해와 홍산이 성인이 된 이후에는 모르겠지만 말이다.

"어머니도 걸리고⋯⋯."

어머니 혼자 오랜 시간을 홀로 지내셔야 한다.

그것도 걱정이었다.

'천선표국도 수상하고⋯⋯.'

아직 아버지의 죽음과 그들의 직접적인 연관성을 밝혀내지 못했다. 그래서 경솔히 움직이지 않고 있었다.

자신의 감각은 그들이 관련 있다고 계속 신호하고 있었다.

'아버지의 죽음에 대해서도 알아봐야 하는데.'

홍원은 자신의 방에 걸린 아버지의 활을 떠올렸다. 그리고 모용연에게 들은 이야기, 신뇌와 거도의 이야기들도 떠올렸다.

그 모든 것이 아버지의 죽음에 관한 단서가 된다.

그저 무리하게 북면으로 사냥을 가셨다가 사고로 돌아가셨다고 생각했는데, 어쩌면 아닐 수도 있다는 생각이 들었다.

북면을 직접 겪어봤기에, 아버지께서 사고로 돌아가셨다는 말에 별 의문을 갖지 않았었다.

산의 길에서 조금만 벗어나도 아차 하는 순간 생명을 잃을 수 있는 곳이니까.

하지만 신뇌와 거도의 행동과 모용연의 이야기에 어쩌면 다를 수도 있다는 생각을 하게 되었다.

아버지의 활을 발견하고 뭔가 사연이 있는 것이 아닐까 생각하던 차에 신뇌와 거도가 나타난 것도 무척이나 공교로운 우연이었다.

'그 활과 그 두 사람이 등장한 때는 분명히 우연이야. 하지만 너무 절묘해.'

어두운 밤하늘이 더욱 어두워졌다.

어디선가 몰려온 구름이 달과 별을 가리고 있었다. 아마 한바탕 비가 쏟아질 모양이다.

급격하게 몰려오는 밤하늘의 먹구름은 세상을 더욱 어둡게 뒤덮었다.

쏴아아아.

구름이 몰려왔다 싶은 순간 세찬 비가 내리기 시작했다.

홍원은 지붕에서 내려와 방으로 들어갔다. 내공으로 비를 튕겨냈기에 젖은 곳은 없었다.

잠시 지나가는 소나기 같지는 않았다.

갑작스러운 비는 마치 소나기처럼 보였지만, 먼 하늘까지 가득한 구름이 이 비가 제법 오랜 시간 내릴 것이라 말해주고 있었다.

'아버지의 죽음에 관해서는 급하게 생각하지 말자. 잠시 지나가는 비처럼 얼렁뚱땅 넘어갈 일이 아니야.'

깨달음의 영향일까.

홍원은 마음에 여유가 더욱 생겼다.

얼마간 남아 있던 조급함이 완전히 사라졌다. 사람과 사물과 사건을 바라보는 시각도 달라졌다.

가장 달라진 것은 자신을 바라보는 시각이다.

'그때는 왜 그랬을까?'

홍원은 꿈을 떠올렸다. 꿈의 마지막.

자신은 활화산도 끓어 날릴 듯한 극렬한 분노에 빠져 있었다.

그때의 강함을 본다면, 깨달음의 경지는 꿈속의 자신이 현재의 자신보다도 한발 앞서 있을 것이다.

지금만 하더라도 이렇게 평온한 마음을 유지하게 됐는데 꿈속의 경지에서 가지는 평정심을 깰 일이 무엇이 있었을까.

'아, 걸어간 길이 다른가?'

홍원은 문득 자신이 잘못 생각한 것인지도 모르겠다는 생각을 했다.

꿈속의 홍원은 패도를 걸었으니까.

천선은 무한한 무학이었다. 정해진 길이 없었다. 익히는 이가 걸으면 그것이 곧 천선의 도였다.

현재의 홍원은 정(靜), 유(柔), 강(强), 정(正), 유(流)의 길을 걷고 있다.

고요하고, 부드럽고, 강하며, 바르고, 순리에 따라 흐르는 길이다.

사부의 무유팔절검해의 영향이었고, 살수로서의 삶에 대한 반작용이었다.

얽매임이 없는 사부의 검과 살기에서 벗어나려는 수련.

홍원이 걷는 천선의 길이 가진 다섯 가지 특성에 따라 얻은 깨달음이었기에 명경지수와도 같은 평온한 마음과 여유를 가지게 된 것이다.

하지만 꿈속의 홍원은 달랐다.

은살림을 벗어나 거칠고 가혹한 북해의 땅에서 오직 패도 그 한 가지 길로만 올곧게 정진했다.

그 성향이 있으리라.

분노에 더 쉽게 빠지고 광폭해지는 것이.

홍원은 여전히 꿈속에서 마지막 단계로 간 깨달음이 어떤 것인지 알 수 없었기에 홀로 추측할 뿐이다.

가족 덕분이리라.

홍원이 꿈속과 같은 패도로 가지 않고 정유강정유의 길을 가게 된 것은.

처음에는 꿈에 대한 반발로 억지로 꿈과는 다른 길로 가려 했었다. 하지만 홍원이 그러한 길을 택한 것은 결국 가족이 주는 따뜻함 덕분이었다.

꿈속에서는 무공의 완성 이후로 미루었던 가족.

그 가족을 먼저 찾은 것이 답이었던 것 같다.

"그러고 보니 최근에 그 칼의 환상이 떠오르지 않는군."

홍원을 홍원이 아니게 했던 그 지독한 기운은 최근에 나타난 적이 없었다.

몸에 잠재한 살기를 씻어내기 위해 무유팔절검해를 꾸준히 펼쳤기 때문일까? 아니면 화두에 집중하며 깨달음을 궁구했기 때문일까?

"어쩌면 계기가 될 만한 일이 없어서일지도……."

확실한 것은 아무것도 없었다.

그럼에도 답답하지 않았다. 이전이라면 가슴이 갑갑해짐을 느꼈을 일이다.

"언젠가는 다 알게 될 거야."

그런 생각이 들었기 때문이다. 경지가 한발, 한발 앞으로 나갈수록 그런 예감이 강하게 들었다.

그 꿈의 정체도, 아버지의 죽음도 천천히 계속해서 좇다 보면 모든 것을 알게 되는 날이 오리라.

생각을 정리한 홍원은 어머니의 건강 상태를 떠올렸다.

"뭐, 평생을 이곳에서만 보내셨으니 넓은 세상 구경도 다녀오실 만하지."

모아둔 돈도 제법 있다. 광평성에 머무는 데 아무 문제가 없을 것이다.

"산에 한 번 더 다녀와야겠네."

어머니는 이젠 무척이나 건강하신 상태다. 나이보다 이십 년은 젊어지셨다고 봐도 무방했다.

하지만 광평성까지는 멀고도 먼 길이다.

미리 원기를 보충해 두는 것이 좋았다. 여정 중간중간에도 그래야 했다. 그건 아이들 역시 마찬가지다.

단약을 다시 만들어야 할 듯했다.

아침이 밝았다. 그러나 하늘은 여전히 우중충하게 어두웠고, 세찬 비는 계속해서 내렸다.

비 덕분에 더위가 한풀 꺾이고 시원해졌다. 비가 지붕을 두드리는 소리도 듣기 좋았다.

홍해는 처마 아래에 앉아서 하늘만 올려다보고 있었다. 홍해의 얼굴이 오늘 하늘만큼이나 흐렸다. 이 비 때문에 오늘 아침 수련은 불가능했기 때문이다.

홍산의 책 읽는 소리가 빗소리와 어우러져 낭랑하게 울렸다.

제법 많은 비가 내려 마당이 진흙으로 변했다. 배수로를 미리 파두었기에 물이 고이거나 하지는 않았다.

세찬 비를 뚫고 아침부터 진구가 찾아왔다.

"무슨 일이야?"

"급한 일."

진구의 대답에 홍원은 고개를 갸웃거렸다.

"그럴 일이 있었던가?"

홍원의 물음에 고개를 끄덕이며 홍원의 손을 잡아끌었다.

두 사람은 각기 우산을 쓰고 빗속을 걸었다.

"어디로 가는 거야?"

진구의 급한 걸음을 쫓으며 물었다.

"어제 했던 이야기 말이야."

"어제? 아, 빙고(氷庫)?"

홍원은 생각났다는 듯 말했다.

"그래. 어제 네 녀석이 가고 나서, 나도 알고 있는 거간꾼을 찾아갔더니 괜찮은 매물이 있었어."

"그래? 어디?"

홍원이 반색을 하며 물었다.

"너희 뒷집. 성현성으로 이사 가기로 했는데, 집이 나가지 않아서 아직 못 가고 있다더라."

"아."

홍원은 그제야 진구가 급한 일이라고 한 이유를 깨달았다.

어제까지 나가지 않았다고 해서 오늘도 나가지 않으리란 법은 없었으니까.

"그러면 그냥 거간꾼이랑 같이 오지 그랬어?"

홍원의 물음에 진구가 답했다.

"나도 그러려고 했는데. 갔다가 거래 틀어지면 괜한 걸음하게 하는 거니까. 네가 직접 확인해야지. 이거 때문에 나 오늘 근무 시간도 바꿨다. 급하게 바꾸느라 오늘 야간 근무야."

그러고 보니 진구의 복장이 평상복이다. 오늘도 오전 근무였기에 이 시간이면 동문에 가 있어야 한다. 출근 전 잠시 들른 거라면 병사의 복장을 하고 있어야 했다.

"고맙다."

진구는 이런 친구다.

두 사람은 곧 거간꾼의 집에 도착했다. 조건이 나쁘지 않았다.

제법 긴 시간 동안 팔리지 않았기 때문인지, 가격도 조정이 되어 있었다.

홍원은 집 마당을 넓히고자 마음먹고 있었기에, 어지간한 조건이라도 무조건 살 생각을 하고 있었다.

그래서 홍정 없이 거간꾼이 제시한 금액대로 지불하기로 했다.

거래는 일사천리였다.

뒷집이면 가까운 이웃이었기에 걸릴 것도 없었다. 위치도 좋았다. 뒷집과 홍원의 집의 담만 허물고 울타리를 연결하면 된다.

오랫동안 남아 있던 의뢰를 해결한데다, 홍정 없이 거래가 되었기에 거간꾼은 무척이나 좋아했다. 뒷집 가족들도 오랫동안 애끓던 일이 해결이 돼서 무척 좋아했다.

집은 열흘 뒤까지 비워주기로 했고, 이사하는 날에 잔금을 치르기로 했다.

이미 뒷집 아들이 성현성에서 자리를 잡고 일하고 있다고 했다. 집이 정리가 되지 않아 남은 가족들이 읍성에 머물러 있었던 것이다.

그런데 홍원은 여태 뒷집이 성현성으로 이사 간다는 소식을 듣지 못했었다.

집으로 돌아와 어머니께 말씀드리니 어머니는 알고 계셨다.

"이웃 떠나는 것이 뭐 좋은 일이라고 미리 말하니. 지금껏 정이 들었는데. 그렇게 지내다가 떠날 때가 돼서 인사하면 될 것을."

그랬다.

그냥 평소처럼 지내다가 갈 때가 되어서 아쉬운 이별을 맞으면 될 일이다. 미리부터 떠날 것이라 유난을 떨 필요는 없었다.

그리고 홍원은 집을 오래 비우지 않았던가.

"네가 집을 늘릴 생각인 줄 알았다면 내가 말을 해볼 것을 그랬구나. 그렇잖아도 소 부인이 하루하루 시름만 깊어가는 것 같은데."

어머니의 말씀에 홍원은 반성했다.

가족이다.

이 집은 가족이 사는 집이고. 집을 고치고 늘리는 일인데, 혼자만 생각하고 혼자만 진행했다.

어머니께 미리 말씀을 드렸어야 할 일이었다.

생각이 미치자 행동으로 옮겼다.

홍원은 집을 늘리려는 이유를 말씀드렸다.

"빙고가 있으면 내년부터 여름을 보내기 한결 편하겠구나. 그런데 네가 너무 무리하는 것은 아니니?"

어머니는 아들의 걱정이 먼저였다.

홍원은 웃으며 걱정 마시라 했다. 이야기를 꺼낸 참에 아이들의 문제도 말했다.

어머니께서도 함께 가시자고.

하지만 어머니는 거절하셨다. 여기까지도 이미 홍원이 생각해 둔 바였다.

어머니라면 분명 거절하실 거라 여겼다. 자식에게 짐이 될지도 모른다는 걱정 때문이신 것이다.

세찬 빗소리도 어느새 잦아들었다. 이제 비가 그칠 모양이다. 어젯밤부터 쉬지 않고 내렸으니 내릴 만큼 내린 것 같았다.

어머니를 설득할 방법도 준비를 했기에 홍원은 이야기를 꺼냈다.

잦아든 빗소리 덕에 홍원의 목소리가 더욱 또렷하게 울렸다.

"그곳에 사부님의 친우분이 계세요. 이제 저도 어느 정도 자리를 잡았으니, 인사를 드리러 가려고요. 사부님께서 계시지 않으니, 그분에게라도 인사를 드려야 할 것 같아요."

그 말에 어머니는 고개를 끄덕였다.

사람으로서 당연히 해야 할 도리였다. 자신의 아들을 이리 훌륭히 가르쳐 주셨는데, 그 은혜에 감사할 분은 이미 이 세상에 안 계셨다.

그 친우가 있다 하니 그분께라도 감사를 드려야 할 것 같았다.

아들이 사부의 친우라고 칭할 정도면 어르신과 보통 가까운 사이가 아니었을 테니 말이다.

"당연한 도리이지. 그렇다면 나도 함께 가야겠구나. 그날 그렇게 어르신을 뵌 게 마지막이니… 먼 길이라도 가야지. 암, 몸도 건강한데 아무리 먼 길이라 해도 무슨 대수냐. 너도 함께 가는데."

어머니의 말씀에 홍원은 작게 미소 지었다.

지금 경천회의 일행들과 함께 머물고 있는 맹여립 역시 사부의 친우였지만 홍원은 군이 그 이야기를 꺼내지 않았다.

경천회에 도착한 이후에 말씀드리면 될 일이다.

그렇게 결정한 이후부터 어머니께서는 바느질을 하셨다. 은인께 무슨 선물이라도 해야 할 텐데, 마땅한 것이 없었다. 먼 길을 가기에 음식은 불가능했고, 커다란 단체에 있으신 분이라 하니 물질적으로 아쉬울 것도 없으리라 여겼다.

결국 드릴 선물은 정성이 들어간 작은 것밖에 없었다.

그래서 어머니께서는 삯바느질하시던 솜씨를 발휘해 작은 수건을 만드시는 중이다.

한 땀, 한 땀 그야말로 온 정성을 다 쏟아 만드셨다.

그러는 사이 열흘이 흘렀다.

간혹 천선표국의 신뇌와 거도가 집 근처를 어슬렁거리고, 그런 그들을 감시하는 사혈궁의 사람들이 근처를 맴도는 것 말고는 별다른 일은 없었다.

아이들의 얼굴은 여전히 어두웠다.

아직 아이들에게는 경천회에 갈 것이라 말하지 않았다. 홍원 나름의 깜짝 선물로 남겨둘 생각이다.

열흘 전 세차게 내린 비로 잠깐 가셨던 무더위는 언제 그랬냐는 듯 여전히 극성이다.

이렇게 더운 날 뒷집은 서둘러 이사를 마무리했다. 홍원은 약속한 잔금을 치렀고, 뒷집 식구들은 어머니의 손을 꼭 잡고 이별을 아쉬워했다.

떠날 사람은 떠나고, 남을 사람은 남는다.

또 새로운 사람을 만난다. 그런 것이 우리네 인생사다.

뒷집이 떠나고 나서 일을 시작했다.

아무래도 집을 허물어야 할 것 같았다. 뒷마당을 넓혀서 홍해의 수련장으로 사용하고, 빙고는 구석 쪽에 위치시켜야 할 듯했다.

홍원과 진구, 철우가 나섰다. 커다란 망치로 흙벽을 부숴내고 노끈으로 기둥을 잡아당겨 집을 허물어뜨렸다.

더위 속에서 자욱하게 일어나는 흙먼지가 코와 목을 따갑게 했다.

언제 왔는지 홍산과 홍해가 작은 바가지로 사방에 물을 뿌렸다.

일단 가장 큰일을 했기에 홍원이 우물로 가서 물을 더 많이 길어 왔다. 다섯 사람이 물을 뿌리자 잠시 후 어느 정도 먼지가 가라앉았다.

오늘 일은 여기까지다.

무너진 집의 잔해를 치우는 것은 내일 하기로 했다.

진구와 철우는 홍원의 대접에 배불리 저녁을 먹고 헤어졌다.

다음 날.

철우는 표행이 있어 오지 못했다. 이른 아침부터 홍원 혼자서 정리를 시작했다.

근무를 마친 진구가 왔고, 상단 일을 대충 마무리한 종현도 왔다. 세 사람은 그날 날이 어두워질 때까지 바쁘게 움직였고, 그 덕에 정리를 마무리할 수 있었다.

홍원이 내공을 사용해 보통 사람 몇 배의 몫을 했기에 가능한 일이었다.

그런 홍원의 모습에 진구는 놀라 호들갑을 떨었지만, 종현은 덤덤히 바라보았다. 이미 충분히 예상하고 있던 터였기 때문이다.

하루하루 시간이 지날수록 점점 더 그럴 듯하게 모습이 갖춰졌다.

측간을 정리할 때는 소문을 들은 이웃들이 찾아와 도와주었다. 거름으로 쓸 요량으로 농사짓는 이들이 측간을 정리해 주었다.

울타리도 걷어내고 홍원의 집 울타리와 이어 붙였다. 그리고 빙고가 들어갈 자리의 땅을 깊이 파 내려갔다.

빙고는 지하에 위치해야 한다.

그래야 더운 여름날에도 일정한 온도를 유지해서 얼음이 녹지 않는다.

홍원은 깊이 바닥을 파 내려갔다. 진구나 철우, 종현이 시간이 남을 때면 와서 함께 도와주었다.

깊으면 깊을수록 좋을 것이란 생각에 일 장(약 3미터) 깊이로 바닥을 팠다.

일반적인 빙고에 비해서 과하게 깊었다.

홍원이기에 가능한 일이다. 홍원이 움직이는 삽 끝에는 은은한 강기가 어려 아무리 단단한 흙이라고 속절없이 파헤쳐졌다.

어느 순간 홍원은 삽질을 멈췄다.

무언가 느껴졌기 때문이다.

"뭐지?"

홍원은 고개를 갸웃거리며 감각을 집중해 아래를 살폈다. 무언가 세찬 흐름이 느껴졌다.

홍원이 엎드려 바닥에 귀를 대고 내공을 집중했다.

콰르르르르.

세차게 흐르는 물소리가 들렸다.

수맥이었다.

보통 수맥은 이보다 훨씬 깊은 곳에 위치한다. 이렇게 땅 위와 가까운 곳에 있을 수가 없었다.

홍원은 고개를 갸웃거리고는 땅을 판 곳의 주변을 더 살폈다.

한 곳이 더 있었다.

이곳과 반대쪽 끝이었다.

"흐음."

홍원은 한쪽 흙무더기에 걸터앉아 턱을 괴고 생각에 잠겼다.

정확히는 내공을 발바닥에서 땅속으로 흘려보내 주변의 지

형을 살폈다.

신기한 일이다.

향산에서 흘러나온 수맥 두 개가 이곳 마당을 지나고 있었다.

더욱 신기한 것은 그 수맥이 전혀 다른 곳에서 시작해 이곳에서 가까워졌다가 다시 멀어진다는 것이다. 그리고 수맥의 통로에 아주 작은 균열이 있어 지상과 가까운 곳으로 이어져 있는데 하필이면 모두 이곳 마당이었다.

홍원은 한서불침의 경지에 올랐다.

그래서 삽질을 하며 땅을 파는 동안에도 딱히 더위를 느끼지 못했었다. 그 탓에 실수를 할 뻔했다.

방금 살펴본 바로, 지금 열심히 파내려 가는 곳의 수맥은 온천이었다.

"어쩐지 그 녀석들이 유독 더워하더라니."

더운 날씨와 힘든 노동 탓이라고만 여겼다. 지열이 올라오고 있음을 미처 생각지 못한 것이다.

한서불침이지만 기본적인 감각은 있었다. 무더운 여름에 일을 하다 보니 홍원마저도 놓쳐 버린 것이다.

어쨌든 이 자리는 틀렸다. 이렇게 지열이 올라오는 곳에 빙고를 지을 수는 없는 노릇이다.

홍원의 시선이 다른 곳으로 향했다. 그곳은 다른 수맥의 균열이 있는 곳이다. 그곳도 마당의 한쪽 귀퉁이다.

마치 누군가가 일부러 그리해 놓은 듯한 자리다.

"빙천의 지하 수맥이라니."

이렇게 무더운 여름에도 얼음장같이 차가운 물이 향산으로부터 내려온다. 향산에서 읍성으로 들어오는 세 곳의 물줄기 가운데 딱 한 곳이 그렇다.

사람들은 그곳을 빙천(氷川)이라 불렀다.

그 빙천의 지하 수맥이 이곳을 지나가고 있었고, 작은 균열을 통해 지표 근처까지 그 얼음장 같은 물이 지나가고 있었다.

빙고의 자리는 당연히 그곳이어야 한다.

빙천의 영향으로 더 차가울 테니까 말이다.

"음양이 함께 흐르는 마당이라니."

이게 무슨 일인가 싶었다.

홍원은 삽을 들고 움직였다. 다시 처음부터 땅을 파야 했다.

그때 진구가 나타났다. 그는 한 손에 삽을 들고 있었다.

"응? 왜 그곳을 파?"

이제 거의 다 팠다고 생각하고 왔는데, 홍원이 전혀 엉뚱한 곳에 막 첫 삽을 뜨고 있었다.

"내려가서 바닥을 한번 짚어봐."

홍원의 말에 진구는 사다리를 타고 내려가 땅을 짚어보았다. 손바닥으로 은은한 열기가 느껴졌다.

"헉. 뭐, 뭐야?"

진구는 깜짝 놀랐다.

"지열이 올라오는 거야. 그런 곳에 빙고를 지을 수는 없지."

진구는 사다리를 타고 올라오며 고개를 저었다.

"자리를 좀 잘 고르지 그랬냐?"

한마디 핀잔을 던진 후 진구는 홍원의 옆에서 부지런히 삽을 놀렸다.

그렇게 새로운 자리에 땅을 파기 시작했다. 깊이가 깊어질수록 시원한 느낌이 들었다. 이렇게 더운 날 노동을 하는데도 금세 땀이 식었다.

"처음부터 이곳으로 했어야지."

자리를 바꾼 지 이틀째, 종현 역시 핀잔을 줬다. 홍원은 머리를 긁적일 뿐이다.

이번에도 일 장 깊이로 팠다.

홍원이 내공을 사용해 아래쪽으로 살펴보니, 반 장 정도만 더 파면 균열에 닿을 것 같았다.

그러면 빙천의 우물을 만들 수가 있다. 이렇게 더운 날 시원한 물이라니 탐이 났다.

하지만 그러면 빙고를 위치시킬 자리가 애매해진다.

'어쩔 수 없지.'

홍원은 삽에 강기를 두르고 구덩이를 더욱 넓혔다.

그렇게 작은 우물 하나와 빙고를 완성하는 데 나흘이 더 걸렸다. 빙고를 쌓는 데 필요한 석재를 종현이 잘 중개해 줘서 쉽게 구할 수 있었고, 생각보다 빨리 완성했다.

"크아! 좋다! 빙천의 우물이라니, 대단한데?"

시원한 물을 들이켠 진구가 기분 좋게 외쳤다. 시원하게 속을 훑고 지나가는 물 덕에 더위가 한결 가시는 기분이었다.

"밖에서 그러지 말고 이리로 들어와."

빙고 안에서 종현의 목소리가 들렸다. 여섯 사람은 너끈히 들어가도록 크게 만들었다. 그 속에는 철우와 종현이 앉아서 술을 홀짝이고 있었다.

바깥 날씨와 다르게 무척이나 시원했다.

지하 일 장이라는 깊이와 빙천 수맥의 영향이다. 바위와 진흙으로 꼼꼼히 마감한 벽은 청량한 냉기를 뿜어내고 있었다.

"좋다!"

진구가 벽에 등을 기대며 말했다.

이렇게 더운 날, 이런 공간은 그야말로 축복이었다.

"그런데 저쪽은 어떻게 할 거냐?"

종현이 물었다. 파다가 만 곳을 이야기하는 것이다.

"그곳도 우물을 하나 만들려고. 보아하니 빙천 우물이랑 비슷한 깊이면 물이 나올 거 같아."

"그럼 거긴 뜨거운 물 나오는 거야? 바닥에 지열로 봐서는 그럴 것 같은데?"

진구가 끼어들었다.

"아마도 온천이겠지."

홍원이 고개를 끄덕이며 말했다.

"히야, 여름엔 빙고, 겨울엔 온천. 좋구나. 여기 나한테 팔 생각은 없어?"

종현의 농에 홍원은 그저 웃음으로 대답했다.

그렇게 홍원 집 마당에 작은 온천도 만들었다. 목재로 벽채도 세우고 온천 우물의 덮개도 만들었다. 한쪽에는 욕탕도 만들었다.

천장은 발을 엮어 덮었다. 가렸다가 열었다가 할 수 있는 구조다.

단순히 빙고 하나 만들려고 했던 것이 이렇게 일이 커져서 마무리되었다.

그것도 나름대로 좋았다.

집에 온천이 생겼으니 말이다. 은근히 올 겨울이 기대가 되었다.

그 와중에도 경천회의 사람들은 돌아갈 준비를 차곡차곡하고 있었다.

홍원은 약재를 구하러 향산으로 향했다.

이제 연단을 해야 했다.

북면과 동면을 넘나들며 필요한 약재를 모두 구해서 집으로 돌아왔다.

아이들의 목소리가 들렸다.

그중에는 모용혜와 신아연의 목소리도 있었다. 심지어 모용연의 목소리도 있었다.

그 목소리들은 빙고에서 들려왔다.

어제 들어가 본 후 오늘 가서 자랑을 했나 보다.

어머니는 웃음 띤 얼굴로 홍원을 맞았다. 두 아이가 저렇게 즐겁게 지내는 것이 그저 좋으신 듯했다.

홍원은 어머니가 건네주신 간단한 간식거리를 가지고 빙고로 향했다.

"아, 장 공자, 안녕하세요. 실례를 무릅쓰고 폐를 끼치고 있어요."

모용연은 얼굴을 살짝 붉히며 홍원에게 인사를 건넸다.

한서불침의 고수가 아닌 이상 올 여름의 무더위는 무척이나 심했다.

그녀의 경지로는 더위에 무척이나 곤욕을 치렀으리라.

빙고 내부가 무척이나 마음에 든 듯했다.

그것은 모용혜와 아연 역시 마찬가지였다.

"여기 정말로 대단해요! 오라버니! 우리 집에도 만들고 싶을 정도예요!"

모용혜가 두 눈을 초롱초롱 빛내며 말했다.

절묘한 우연 덕에 만들어진 공간이다. 아무 곳에나 만들 수 있는 것이 아니다.

아마 다른 곳에서는 빙고에 얼음을 채워 넣어야 이런 시원함이 느껴질 것이다.

"시원하다고 너무 오래 있어도 좋지 않아. 너무 시원한 곳에 있다가 더운 곳으로 나가면, 몸이 적응을 못 해 고뿔에 걸릴 수도 있다."

홍원이 홍해의 머리를 쓰다듬으며 말했다.

"조금만 더 있다가 나오도록 해라."

홍원은 간식을 건네주고 나왔다. 모용연은 염치 불고하고 남았다. 그만큼 이번 더위가 곤욕인 듯했다.

홍원은 빙고를 나와서 피식 웃었다.

'경천회주의 딸도 못 버티는 더위라니.'

재미있었다.

홍원은 앞마당에 자리를 잡고 약초 정리를 했다. 연단을 위한 밑 준비였다.

별이 총총한 여름밤 화로에 붉은 불꽃이 너울거렸다.

가만히 보고 있으면 빨려 들어갈 것만 같은 빛깔이다.

홍원은 연단에 집중했다.

며칠 후 연단이 마무리되었다. 모두 아흔 개의 단약을 완성했다.

어머니와 동생들에게 각기 서른 개씩이면 충분할 터다.

그리고 단약이 완성된 날, 홍산이 세상 잃은 우울한 얼굴로 집으로 돌아왔다.

이레 후, 모용혜가 돌아간다는 소식을 가지고서는 말이다.

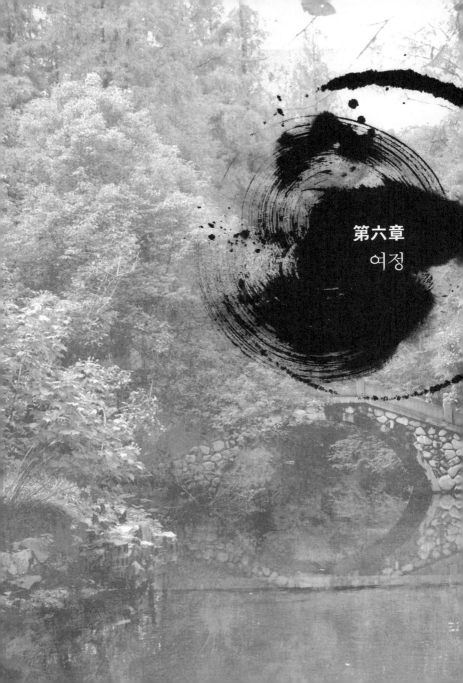

第六章
여정

　홍산은 저녁도 먹는 둥 마는 둥 했다. 그답지 않은 모습이었지만, 홍원도 어머니도 아무 말도 하지 않았다.

　함께 광평성에 가기로 한 이야기는 아직 하지 않았다. 홍원이 적당한 때에 하겠다고 했기에 어머니께서도 모르는 척 장단을 맞춰주셨다.

　다음 날 아침, 홍산은 여느 때와 마찬가지로 일어나 글 읽을 준비를 했다.

　홍원은 그 모습에 피식 웃음을 흘렸다.

　어제 그렇게 우울한 모습을 하고, 저녁도 제대로 먹지 않은 녀석이 공부 시간에는 칼같이 일어나다니.

　'그만큼 공부가 좋다는 거겠지.'

홍원은 평소와 다르게 홍산을 불러냈다.

"산아."

"네, 형님."

홍원의 부름에 홍산은 준비하던 것을 멈추고 홍원이 있는 마당으로 나왔다.

홍해는 새로이 꾸민 뒷마당에서 아침 수련을 준비하고 있었다.

"따라오너라."

홍원은 홍산을 데리고 홍해가 있는 뒷마당으로 향했다.

홍산과 홍해는 어리둥절한 얼굴로 홍원을 바라보았다.

홍원은 그런 두 아이에게 단약을 내밀었다.

"하나씩 먹고, 삼재심법에 맞게 운기해라."

"네?"

홍산이 이해할 수 없다는 얼굴로 되물었다. 형이 이런 적이 없었기 때문이다.

그 모습에 홍원은 웃음 띤 얼굴로 말했다.

"먼 길 가려면 몸이 튼튼해야지. 그냥 먹어도 좋다만, 이른 아침에 먹고 나서 바로 운기를 하면 약효가 더욱 좋다."

홍원의 말에 홍해는 여전히 알쏭달쏭한 얼굴로 고개를 갸웃거렸다.

홍산은 대번에 그 말의 의미를 알아차렸다.

"그 말씀은 저희도……."

"그래. 어머니도 모시고 먼 길 다녀오자. 이참에 넓은 세상 구경도 하고 말이다."

홍원이 고개를 끄덕이며 말했다.

"네!"

그 말에 냉큼 단약을 집어삼키고는 가부좌를 틀고 앉는 홍산이다.

"너도 어서."

홍원의 재촉에 홍해는 어리둥절한 얼굴로 시키는 대로 했다.

홍산은 세상 진지한 얼굴로 심법에 집중했다.

나란히 앉아 삼재심법을 운용하는 두 아이의 등 뒤로 홍원이 다가가 양손을 각기 양쪽 등에 올렸다.

"내가 도와줄 테니 집중해라. 절대 움직이거나 입을 벌리면 안 된다."

홍원은 말을 마치고 자신의 내공을 동생들에게 불어넣어 그 내부를 관조했다.

아직 어린아이들인지라 탁기가 그다지 많지 않았다.

명문 무가에서 아주 어린 시절부터 수련을 한 이들에 비하면 많은 탁기이기는 했다.

당장 없앨 필요는 없어 보였다.

어리고 시간이 많으니 천천히 정리해도 될 듯했다.

홍원은 두 아이가 운용하는 심법의 흐름에 맞춰 자신의 기운을 움직였다.

절대 자신이 먼저 이끌지 않았다.

그저 아이들이 단약의 기운을 모두 흡수할 수 있게끔 도와줄 뿐이다.

무림에서 개나 소나 아는 삼재심법이다. 그래서 하찮게 취급을 받지만, 절대 하찮은 심법이 아니다.

그것은 사부의 말씀이었다.

내공을 쌓는 것이 너무나 느려 오로지 빠른 속도로 강해지려는 무림인들에게 찬밥인 심법일 뿐이다.

그 안정성과 어느 무공, 어느 심법에도 어울리는 범용성은 가히 천하 일절이라 할 만하다 하셨다.

내공의 양에 관한 문제만 해결하면 천하에 산재한 수많은 심법들 중 능히 최고를 다툴 수 있다 하셨다.

이후 수련을 하며 접한 삼재심법은 사부의 말씀대로였다.

그랬기에 홍원에게 있어서 삼재심법은 절대 하찮은 심법이 아니었다.

내공 문제를 해결할 수 있기 때문이다.

홍원의 도움 아래 아이들이 서른 개의 단약을 모두 복용하면 능히 이십 년의 내공은 얻을 수 있을 것이다.

그러기 위해 북면에도 들른 것이다.

'어지간한 경우라면 삼재심법은 기초 수련 정도일 뿐이지. 내공 문제는 이렇게 해결이 되니, 아이들이 무공에 대한 마음을 정할 때까지는 문제없을 거야.'

이각(약 30분) 정도의 시간이 흐른 후 두 아이는 눈을 떴다.

굉장히 신기한 경험을 한 얼굴이다.

"이게 뭐예요?"

홍해가 눈이 동그래져서는 물었다.

"이야기책에 나오는 영약 같은 거예요?"

홍원이 대답이 없자 재차 물었다.

"내가 사부께 배워서 만든 단약이다. 몸을 건강하게 해주는 효능이 있지."

홍원이 웃으며 대답했다.

"그 정도가 아닌 것 같습니다."

홍산도 느낀 것이 있는지 말을 보탰다.

"너희들과 단약이 상성이 좋은가 보구나. 그리고 홍해야, 혜아가 집으로 돌아갈 때 우리도 함께 가자꾸나. 광평성까지 나들이 한번 다녀온다고 생각하거라."

홍원이 화제를 바꿨다.

"네? 우와, 우와, 우와아아아!"

홍해가 환성을 질렀다.

홍원은 그 모습을 보며 웃을 뿐이다.

그렇게 두 아이가 무언가 신기하고 즐거운 경험을 한 아침이 지나갔다.

*　　　　　*　　　　　*

이른 새벽.

아직은 많은 이들이 꿈속에 머무는 시간.

신뇌는 집무실에서 바쁘게 문서를 작성하고 있었다. 그가 읍성에 머무르면서 알게 된 것들을 꼼꼼히 적었다.

그러고는 전통에 넣어 전서응을 날렸다.

문주가 자신에게만 전한 밀명에 따른 문서다.

신뇌는 아직 어두운 하늘을 가로질러 날아가는 전서응의 모습을 바라보며 중얼거렸다.

"문주께서는 무슨 생각이신지……"

신뇌는 알 수 없다는 얼굴이었다.

"노야께 모든 것을 맡겨두시는 듯했는데."

그렇게 중얼거린 신뇌는 조용히 자신의 처소로 들어갔다. 그는 위에서 내려올 명령에 따를 뿐이다.

"어떠냐?"

조부의 물음에 구양대검은 미소를 지으며 말했다.

"작은 성취가 있었습니다."

손자의 대답에 구양벽은 흡족한 미소를 지으며 고개를 끄덕였다.

"훌륭하구나."

"할아버지의 말씀대로 지난번의 무림 대회가 큰 도움이 되었습니다."

구양대검의 말에 구양벽은 고개를 끄덕였다.

"그래도 네가 압도적이지 않았느냐?"

"다양한 무인들의 무공을 겪어보니 사고가 더욱 자유로워진 덕분인 것 같습니다."

구양벽은 대견한 얼굴로 자신의 손자를 바라보았다.

그리고 서탁 위에 문서 하나를 펼쳤다.

"네 생각을 듣고 싶구나."

구양벽의 손자에 대한 믿음이 대단했다.

"이건……."

문서에 쓰인 내용을 읽어본 구양대검은 채 말을 잇지 못했다.

"소손이 의견을 내기에는 너무 엄중한 문제인 것 같습니다."

그 말에 구양벽은 웃으며 고개를 가로저었다.

"젊은 너의 의견이 궁금할 뿐이다."

구양벽의 재촉에 구양대검은 조심스레 입을 열었다.

"분명 남쪽으로 본 성의 세력을 확장할 수 있는 기회입니다만… 모용중호는 너무 거물입니다. 그를 뚫고 과연 목표를 확보할 수 있을까 의문입니다. 그리고 천선문의 입장에서는 본 성이나 경천회나 마음에 들지 않기는 매한가지입니다. 굳이 우리에게 이런 제안을 하는 이유를 모르겠습니다."

"이간질이지. 우리와 경천회가 서로 싸우게 하려는."

구양대검의 의문에 구양벽이 당연하다는 듯 말했다.

"하지만 목표만 확보한다면 경천회는 섣불리 본 성에 대적하지 못합니다."

구양대검은 여전히 알 수 없다는 얼굴로 말했다.

"그것에 관해서라면 경천회주의 인품에 달린 문제이지. 본인의 혈육과 경천회. 둘 중 어느 것을 우선시하느냐에 따라서 말이다. 그가 만약 경천회를 우선시한다면… 천선문의 이간책은 완벽히 성공한 거라고 봐야지."

"아……."

구양대검은 미처 거기까지는 생각하지 못한 듯했다.

"경천회는 정도를 표방하는 세력이다. 그리고 실제 그들의 행보 또한 그래. 숭무련과는 성격이 좀 다르지. 집단 자체도 그렇다. 사대세력 중 숭무련만이 유일한 연합체이지."

그 때문에 전 련주가 죽림에게 목숨을 잃은 후 한동안 혼란스러웠었다.

"본 마황성과 경천회는 아니야. 성주와 회주의 가문이 강력한 힘을 가지고 있지. 그러던 차에 회주의 혈육을 본 성에서 확보한다고 하면, 과연 그는 어찌 움직일까. 천선문주는 경천회주가 원칙대로 움직인다고 예상한 모양이야. 우리에게 이런 제안을 했다는 것 자체가."

"할아버지의 생각은 다르신 겁니까?"

"어려운 문제야. 그래서 네 의견도 물어본 게지. 내가 겪어본 그의 성정이라면… 아마도 천선문의 예상이 맞을 게다."

구양벽의 말에 구양대검은 고개를 끄덕였다.

"그렇다면 거부해야 할 제안이군요."

"하지만 최근 그가 보인 행보는 좀 다르긴 하다. 몸이 아픈 작은 딸에게 쏟은 정성을 본다면 말이다. 게다가 계속 아팠다면 모르되, 이제는 완치가 되었다는구나. 힘겨운 병마를 겨우 이겨낸 딸이 우리 수중에 떨어진다면 과연 그가 원칙대로 처리할 수 있을까?"

"어려운 문제로군요."

구양대검이 얼굴을 찡그리며 말했다.

"그렇지. 아주 어려운 문제야. 더군다나 평화로운 기간이 너무 길었어. 본 성의 힘은 커지다 못해 더 이상 억누를 수 없을 지경이지."

"그 말씀은……."

"천선문의 저력이 확실히 두려운 것은 사실이나, 언제까지나 두려워만 할 수는 없는 노릇이다."

구양벽의 두 눈이 스산하게 빛났다.

"네 아비라면 능히 모용중호를 감당할 수 있을 것이다. 천선문이 이렇게 좋은 정보를 보내줬는데, 이용당해 주지 않을 수 없지. 물론 그들의 뜻대로 되지는 않을 거다만. 너도 이번에 함께하거라. 이미 준비하라 일러두었다. 이번 기회에 아비와 숙부 곁에서 많이 배우고 오는 것도 좋을 게다."

구양벽은 이미 결론을 내려놓은 상태에서 손자에게 물음을 던진 것이다.

그 또한 손자에게 가르침을 주기 위한 방법이었다.

"알겠습니다."

그렇게 오랜 시간 균형을 유지해 온 사대세력의 구도가 깨질 기미가 조금씩 생기고 있었다.

칠 일이라는 시간은 무척 빨랐다.

어느새 경천회는 읍성을 떠날 준비를 모두 마쳤다. 그런 경천회의 일행 곁에 작은 마차가 하나 있었다.

대강 봐도 너무나 차이가 나는 조촐한 마차였다.

마부석에는 홍원이 앉아 있었다. 작은 이두 마차의 안에는 어머니와 두 아이가 앉아 있었다.

홍산과 홍해는 잔뜩 들뜬 얼굴이다.

경천회의 몇몇 무사는 그런 홍원 일행을 마뜩찮게 생각했지만, 그것을 티 내지는 않았다.

모용혜 역시 저 아이들과의 헤어짐을 아쉬워한다는 걸 잘 알기 때문이기도 하고, 경천회의 긍지 높은 무사인 자신들이 그런 소인배와 같은 행동을 할 수는 없었으니까.

모든 준비가 끝나고 행렬이 천천히 움직이기 시작했다.

홍원은 경천회의 행렬 가장 말미에 따라붙었다. 마차 곁에서는 묵린이 열심히 달리고 있었다.

뜨거운 태양 아래 진한 흙먼지를 날리며 그들은 읍성을 떠났다.

"조심히 잘 다녀와라."

그 모습을 묵묵히 동문에서 지켜본 진구는 나직이 중얼거렸다.

친구의 무사 귀환을 바라는 마음이 가득했다.

여정은 순조로웠다.

감히 경천회의 행렬을 노릴 만한 간 큰 이들은 없었다.

선두에서 지휘하는 모용중호의 위엄은 엄청났다. 그는 최선을 다해서 일행을 이끌었다.

단 한 번 있었던 일이라 하지만 습격이 있었다.

그랬기에 모용중호는 읍성에 있는 동안도, 그리고 지금도 항상 긴장한 상태였다.

덕분에 모용혜는 잠깐씩 있는 휴식 시간에도 홍산과 홍해를 만나러 쉬이 오지 못했다.

모용혜는 그것이 불만인 듯했지만, 숙부의 지엄한 명이 있었는지라 어쩔 수가 없었다.

덕분에 홍원은 편했다.

그저 일행의 말미에서 천천히 마차를 몰면 되는 것이다.

이동속도도 빠르지 않았기에 이두 마차로도 충분했다. 어머니와 아이들도 감당하기에 무리가 없는 여정이었다.

그럼에도 홍원은 매일 아침 어머니와 아이들에게 단약을 먹였다.

순조롭게 이어진 여정은 이틀 후면 사혈궁의 세력권을 벗어나게 된다.

"좋군."

홍원의 가족들만 움직였다면 결코 이런 편안한 여정은 없었을 것이다.

하다못해 객잔을 잡는 것만 해도 큰일이었을 게다.

여러모로 잘한 결정인 듯했다.

새로운 성과 도시에 들를 때마다 어머니와 아이들의 생기 넘치는 얼굴을 보는 것은 홍원에게는 또 다른 기쁨이었다.

밤이 깊었다.

동생들과 어머니가 깊은 잠에 빠져든 시간, 홍원은 객잔의 방에서 나와 아래층으로 향했다.

일 층에 마련된 무수한 식탁은 대부분 비어 있었다.

점소이 하나가 벽에 기대어 앉아 꾸벅꾸벅 졸고 있다.

"주문되는가?"

홍원이 점소이에게 나직한 목소리로 물었다.

"아, 네. 됩니다."

점소이는 두 눈을 번쩍 뜨고는 황급히 말했다.

"그러면 청주 한 병이랑 간단한 고기볶음 하나 부탁하네."

"넵."

홍원의 주문에 점소이는 빠르게 주방으로 뛰어갔다.

텅 빈 곳에서 홍원은 홀로 술을 마셨다. 술맛도, 안주로 시킨 고기볶음의 맛도 괜찮았다.

자정이 막 지난 시간이지만 상관없었다.

이제 하루만 더 움직이면 경천회의 영역으로 들어간다. 그러면 여정이 좀 더 편안해질 것이다.

막 세 번째 잔을 마셨을 때쯤, 모용연이 내려왔다.

"장 공자께서도 잠이 안 오나 보군요."

홍원을 발견한 모용연이 홍원에게 다가왔다.

"평소와 다르게 술 생각이 나서 내려왔습니다."

홍원이 모용연에게 맞은편 자리를 권했다. 눈치 빠른 점소이가 잽싸게 술잔과 젓가락을 가지고 왔다.

"한잔하시겠습니까?"

홍원의 물음에 모용연이 잔을 내밀었다.

"주신다면요."

홍원이 모용연의 잔을 채워줬다.

"이제 곧 경천회의 영역으로 들어가는군요."

"네. 그렇잖아도 마중 나온 이들이 있다고 연락을 받았어요."

어쨌든 이곳은 사혈궁의 영역이었기에, 너무 많은 인원이 움직이기에는 무리가 있었다.

사실 모용중호가 움직이는 것만 해도 사혈궁에게는 여간 신경 쓰이는 것이 아닐 게다.

모용중호 정도 되는 고수라면 어디서 무슨 일을 벌여도 쉬이 막을 수 없으니 말이다. 모용혜가 읍성에서 습격당한 사건만 없었더라도, 사혈궁에서 모용중호의 이동을 쉬이 허락하지 않았을 것이다.

각 세력의 십대 고수 정도 되는 이들의 움직임은 그런 무게를 가지고 있었다.

그에 반해 홍원의 사부인 무유검선은 참으로 자유로이 움직였다.

그의 정체를 제대로 아는 이들이 없었기에 가능했다.

천하에 그 이름은 높았으되 그를 제대로 아는 이는 없었으니까.

"덕분에 저희도 편하게 움직이고 있습니다. 정말 감사드립니다. 저희가 함께 움직이는 걸 마음에 안 들어 하는 분들도 계실 텐데요."

홍원은 다시 한 번 모용연에게 감사 인사를 전했다.

"아니에요. 혜아도 아이들과 헤어지는 것을 무척이나 슬퍼하고 있었어요."

"사실 헤어짐의 시간이 조금 미뤄진 정도지요."

홍원이 쓴웃음을 지으며 술을 마셨다.

"그 아이들도 알고 있을 거예요. 똑똑한 아이들이니까요."

모용연의 말에 홍원은 고개를 끄덕였다.

그럴 것이다. 지금 홍산이 공부하는 책은 홍원으로서도 무슨 말인지 이해하기 어려운 수준일 정도니.

그 아이가 모를 리 없었다.

아마도 이번 여행은 정해진 헤어짐을 준비하는 여정일 것이다.

다음 날.

평소와 다를 바 없는 아침을 맞았고, 평소와 같이 움직였다.

이제 조금만 더 가면 경천회의 영역이라는 생각에 무사들의 얼굴에는 절로 웃음이 떠올라 있었다.

웃음이 떠오른 만큼 긴장도 조금 풀어진 느낌이었다.

그렇게 사혈궁 영역에서의 마지막 성을 뒤로하고 바쁜 걸음을 재촉했다.

오늘은 아마도 관도 근처에서 노숙을 해야 할 듯했다.

여정 동안 노숙을 한 적은 이미 몇 번 있었기에 무리는 없을 것이다.

노숙을 할 때면 홍원은 단약을 준비하기를 잘했다는 생각을 했다. 어머니의 건강이 아무리 좋아지셨다 해도, 노숙은 쉬운 일이 아니었으니까.

아이들은 지난번 성현성으로의 여정 때와는 몰라볼 정도로 달라져 있었다.

무공을 익히고, 수련한 덕분이었다. 게다가 최근에 홍원이 단약으로 내공을 늘려주고 있으니.

멀리 작은 산맥이 보였다.

사혈궁과 경천회의 영역을 나누는 기준이 되는 산맥이다.

향산과는 비교하기 미안할 정도로 규모가 작았다. 돌아가려면 돌아갈 수도 있는 정도였으나, 빠른 여정을 위해 고개를 넘기로 했다.

일행은 천천히 산속으로 접어들었다.

홍원은 혹시나 하는 마음으로 주변을 살폈다. 향산의 산의 길과 같은 길은 보이지 않았다.

이곳의 기운이 향산의 그것만 하지 못했다.

'향산이 보통 산이 아니긴 하지.'

향산과의 비교를 마친 홍원이 고개를 끄덕였다. 그러던 찰나 홍원의 기감에 다수의 무인들이 걸렸다.

상당한 숫자였다.

여기 일행들 이상이었다.

개중에는 무척이나 강렬한 기세도 섞여 있었다. 그들의 실력이 모용중호 못지않아 보였다.

'무슨 일이지?'

그들이 있는 위치로 보아서는 경천회에서 마중 나온 이들이 아니었다. 이 산을 넘어야 비로소 경천회였다.

그들이 모여 있는 곳은 고갯길의 정산 부근이었다. 일행의 긴장감이 가장 풀어질 지점을 절묘하게 점하고 있었다.

일행에게 알리려 하였으나 뾰족한 수가 없었다. 과연 홍원의 말을 믿어줄지도 의문이었다.

그렇게 홍원이 고민하고 있을 때 반각(대략 7, 8분)의 시간이 흘렀다.

선두에 있던 모용중호가 오른손을 들어 일행의 움직임을 멈췄다.

'상당히 뛰어나다고 생각은 했었는데, 기감도 예리하군.'

홍원은 그가 이 길의 앞에 모여 있는 이들을 느꼈음을 짐작했다.

"아무래도 매복이 있는 듯하다. 최대한 경계하면서 천천히 이동하도록."

모용중호의 심각한 목소리에 대번 무사들의 얼굴에 긴장감이 어렸다.

홍원은 마차를 천천히 몰았다.

묵린은 이미 적들의 존재를 눈치챘는지 작게 으르렁거리고 있었다.

그렇게 얼마나 이동했을까.

매복이 실패했음을 느꼈는지 적들은 주변을 포위하고 경천회의 일행을 기다리고 있었다.

모용중호는 자신들을 기다리고 있는 이들의 정체를 대번에 알 수 있었다.

"구양진극 소성주, 어인 일로 사혈궁의 영역에서 우리를 기다리고 있으신 게요?"

"하하, 과연 모용중호 대호법의 실력은 대단하오. 그리도 빨리 우리의 존재를 눈치채다니 말이오."

모용중호의 물음에 구양진극은 웃음을 터뜨렸다.

"내가 물은 것은 그것이 아닌 것 같소만."

모용중호의 두 눈이 사납게 빛났다.

내자불선(來者不善).

저들이 결코 좋은 목적으로 찾아오지 않았음이 분명했다.

"그간 너무나 평화로웠지요. 황실의 통제 아래에 말이오."

"평화로운 것이 좋은 것 아니오."

모용중호의 대꾸에 구양진극은 고개를 끄덕였다.

"암, 그렇지요. 평화는 좋은 것이지요. 하지만 말이오. 우리 같이 마공을 익힌 이들에게는 꼭 그렇지만도 않다오. 마도와 패도를 걷는 이들에게 과한 평화는 독이지요."

구양진극은 그리 말하며 스산한 미소를 머금었다.

모용중호는 그의 말이 의미하는 바를 쉬이 알 수 있었다.

결국은 싸우자는 소리다.

하지만 쉽사리 믿을 수가 없었다.

이렇게 뜬금없이 마황성이 경천회에 싸움을 걸어오다니. 더군다나 이 일행에는 회주의 두 딸이 있다.

그 말은 곧 마황성이 경천회에 전쟁을 선포하는 것과 다를 바가 없었다.

가장 말미에 있는 홍원은 비록 거리가 좀 떨어져 있으나 두 사람의 대화를 모두 들을 수 있었다.

'이것은 꿈과 다르군.'

꿈에서는 이런 일이 없었다.

마황성과 경천회의 싸움이라니. 아니, 이곳에서 싸움이 벌어진다면 그것은 곧 전쟁으로 번질 것이다.

이런 큰 사건을 꿈속에서 겪었다면 기억하지 못할 리 없었다.

'역시 꿈은 꿈인가?'

홍원은 요즘 들어 간혹가다가, 꿈이 어쩌면 꿈이 아닌 또 다른 현실은 아니었을까란 생각을 하곤 했었다.

말도 안 되는 생각이라는 것을 알면서도 불현듯 떠오르는 그 생각을 그냥 무시할 수도 없었다.

그런데 오늘 꿈과는 전혀 다른 일이 눈앞에서 펼쳐지고 있었다.

사실 꿈이냐 아니냐는 중요한 것이 아니다.

지금 눈앞에서 두 세력 간의 싸움이 벌어지려 한다는 것이 중요했다.

마차 안에는 동생들과 어머니께서 타고 계신다.

저들과의 부딪힘은 절대 있어서는 안 될 일이다. 홍원이 이번 여정을 결심한 데에는 저런 돌발 상황이 없을 것이라 생각했기 때문이다.

평화로운 시기에 사대세력의 하나인 경천회와 함께하는 여정이다. 돌발 상황이 있는 것이 오히려 이상했다.

그런데 다른 사대세력인 마황성이 변수를 만들 줄이야.

그리고 보면 꿈속에서는 마황성과 엮인 적이 없는 것 같았다. 마황성은 대체 무슨 생각인 것일까.

홍원은 일단 생각을 멈췄다.

상황이 점점 안 좋게 흘러가는 것 같았기 때문이다.

홍원은 마부석에서 내려 마차의 문을 열고 안을 바라보았다.

"무슨 일인 거니?"

어머니가 걱정스러운 얼굴로 물었다.

"앞쪽에 잠깐 문제가 생긴 것 같습니다. 제가 알아보고 올 테니 걱정 말고 편히 계세요."

홍원의 말에 어머니는 고개를 끄덕였다. 그리고 홍원은 마차의 문을 닫으며 세 줄기의 지풍을 날렸다.

어머니와 두 동생의 수혈을 짚은 것이다.

곧 세 사람은 깊은 잠에 빠져 들었다.

지금으로서는 이것이 최선인 듯했다. 예상과 다른 일이 일어났고, 곱게 넘어갈 일은 아닌 듯하니 어쩔 도리가 없었다.

홍원은 묵린을 바라보았다.

"잘 지켜라."

묵린은 그 말을 알아들었다는 듯이 머리를 위아래로 움직였다.

"마황성은 경천회와의 전쟁을 택했단 말이오!"

모용중호의 호통이 터져 나왔다.

"크하하하! 그렇게 생각하시고 싶으면 하시오. 우리는 마도의 본능에 충실한 선택을 했을 뿐이오. 사실 그간 황실의 힘에 억눌려 온 세월이 너무 길었소이다."

구양대검은 한쪽에서 그런 아버지의 모습을 지켜보고 있었다.

'할아버지는 이미 모든 결정을 내리셨구나.'

아마도 천선문도 박살을 낼 생각이실 게다. 구양대검이 보기에도 마황성은 그 힘이 가득 차서 터지기 일보 직전이었으니까.

지난 무림 대회에 참가하면서 구양대검이 느낀 무림은 너무나 약했다.

아무리 후기지수들만의 대회라 했으나.

결승에서 상대한 경천회의 문명후는 기대 이하의 실력이었다. 경천회주의 제자라는 이가 그 정도였으니 다른 이들은 말다했다.

오히려 무림 대회에 참가하지 않은 숭무련의 단리유화라는 여인의 실력이 더 대단할 것만 같았다.

그녀는 새로운 련주 아래 자신의 세력을 다지느라 대회에 참가하지 않았었다. 원래는 참가할 예정이었으나, 급변한 숭무련의 정세에 참가를 포기했다 했었다.

"지금쯤이면 부딪혔으려나?"

북궁휘용이 찻잔의 차를 음미하며 중얼거렸다.

자신이 은밀히 비은팔호법을 움직여 그린 그림이다. 비은팔호법은 본디 문주의 수족이다. 북궁휘용이 문의 대부분의 일을 우문기영에게 위임했다 하지만, 자신이 그들을 부리지 못할 이유는 없었다.

"노야, 기껏 대법을 펼치셨으면 이렇게 판을 흔들어야지요. 어찌 대법 전과 같은 길로만 가려 하시는지, 쯧쯧."

아무도 듣는 이가 없건만 북궁휘용은 혀를 찼다.

"대법 전에도, 지금에도 마황성은 그 힘이 너무나 강성했어. 대법 전에는 그 힘을 터뜨릴 계기가 없었으나, 이번에는 내가 만들어줬으니. 천하가 어찌 요동을 칠 것인지 기대가 되는군."

북궁휘용은 만족스러운 미소를 머금었다.

마황성이 이번 계획을 성공해도 좋고 실패해도 좋았다.

어차피 그가 의도한 것은 무림의 판을 흔드는 것이니까. 그동안 무림은 황실의 힘 아래 너무나 정체되어 왔다.

"덕분에 정체된 황실로 무언가 변화를 추구하게 되겠지."

정체된 것은 위험하다.

나태해지기 때문이다. 그랬기에 그 괴물에게 속수무책으로 당한 것이리라.

그 괴물이 미쳐 날뛰기 전에 무림이 미쳐 날뛰면 스스로 더욱 강해지리라.

그것이 북궁휘용의 커다란 그림이었다.

"그래도 그 괴물은 감당이 안 되긴 하는데……."

북궁휘용이 다탁을 손가락으로 두드리며 고민했다.

"노야, 이 문제를 좀 해결해 보시길……."

낮게 읊조리는 목소리는 그 누구도 들을 수 없을 만큼 작았다.

작열하는 태양이 한 줌의 물조차 허락하지 않은 넓은 사막.

거대한 모래 산 정상에 한 노인이 고고한 모습으로 서 있었다. 따가운 햇빛이 정면으로 내려쬐고 있음에도 눈 하나 깜빡이지 않고 있었다.

"움직이기로 했다고?"

노인의 물음에 그의 옆에 부복하고 있던 수하가 대답했다.

"그렇습니다, 폐하. 구양 가문에서 움직이기로 결정을 내렸다 합니다."

"북궁가의 애송이는 마황성이 어떤 곳인지 제대로 모르고 손을 뻗었어. 언제고 천하로 웅비할 기회만 보고 있었거늘."

노인은 슬며시 미소를 지었다.

"그 녀석 장례는 잘 치러줬고?"

화제를 바꾼 노인의 얼굴이 급격히 어두워졌다.

"네."

그런 노인의 분위기를 느꼈음인지 수하의 대답도 짧았다.

"다른 녀석들에게도 조심하라고 전해. 언제 어찌 될지 알 수 없는 일이니. 이제 거의 숭무련을 손에 넣으려 한 녀석이 그리 비명에 갈 줄 어찌 알았겠는가."

"알겠습니다."

"흉수는 여전히 모르고?"

"송구합니다."

노인은 잠시 하늘을 올려다보았다.

저 지긋지긋한 태양은 오늘도 활활 타오르고 있었다.

"천하에 숭무련의 경계를 뚫고 녀석의 목숨을 취할 실력을 가진 이가 누가 있을까? 지금까지 그런 경우는 단 한 번 있었지. 전대 숭무련주의 목숨을 취한……."

"죽림 말씀이십니까?"

수하의 물음에 노인은 고개를 끄덕였다.

"그래. 내 예감은 이번 일도 그놈의 짓일 거라 이야기하는군."

"추적토록 하겠습니다."

수하의 말에 노인이 고개를 끄덕이자 그는 순식간에 사라졌다.

멀리서 모래바람이 불어온다.

이 척박한 사막으로 내쫓긴 지도 어느새 몇백 년의 세월이 흘렀다.

이제는 저 기름진 중원으로 돌아가야 할 때다.

다행히 충성스러운 가신인 구양가가 대업의 준비를 마친 듯했다.

"중원이라… 어떤 곳인지 기대되는군."

북궁 황실에 의해 무너진 선우 황실의 당금 가주이자, 그들만의 황제인 선우예극.

그가 남쪽을 바라보며 중얼거렸다.

모용중호와 구양진극이 서로를 마주 보고 서 있었다.

그 주변의 사람들은 그저 그런 둘의 눈치만 살필 뿐이다. 서로를 향해 강렬하게 일어나는 거친 기세가 어지러이 어우러지며 맹렬한 싸움을 계속했다.

사나운 눈으로 서로를 마주 보고 있는 두 사람의 오른손이 각자의 병기를 향해 움직였다.

대도와 청강장검.

천천히 서로의 병기가 모습을 드러냈다. 서로에게 겨눠진다 싶은 순간.

쾅!

검과 도가 부딪혔는데 커다란 폭음이 울렸다.

그것이 신호였다.

마황성의 무사들이 경천회의 무사들에게 달려들었다.

경천회의 무사들 역시 마황성의 무사들에 맞서 싸웠다.

챙챙챙, 채챙!

사방에서 요란한 병기 소리가 울린다.

모용연은 입술을 깨물고는 홍원에게 찾아왔다.

"설마 이런 일이 벌어질 줄은 몰랐어요. 제가 할 수 있는 선에서 최선을 다해 장 공자 가족을 지켜 드릴 거예요. 그래도 적들의 규모로 봐서는 장담할 수 없어요. 부디 몸조심하세요."

모용연은 홍원 가족에 대한 미안함, 갑작스러운 상황에 대한 당혹감, 앞으로의 싸움에 대한 불안함이 뒤섞인 표정이었다.

"감사합니다, 소저."

경천회주의 딸로 신경 쓸 게 하나둘이 아닐 텐데도 자신을 먼저 찾아와 준 것이 새삼 고마웠다.

"여긴 내가 있을 터이니, 너는 어서 혜아에게 가거라. 네가 없으면 혜아가 보통 불안해하는 게 아니다."

언제 나타난 것일까. 맹여립이 모용연에게 말했다.

"감사합니다."

모용연은 맹여립에게 인사를 하고는 자신의 마차로 움직였다.

이미 사방에서 싸움이 시작된 터다. 모용연은 자신의 검을 꽉 쥐고는 서둘러 달렸다.

"어이해 오신 겁니까?"

주변에 홍원과 맹여립을 신경 쓰는 사람은 없었기에 홍원이 맹여립에게 물었다.

"여기가 제일 안전할 거 같아서 말이야."

맹여립이 빙그레 웃으며 말했다. 그는 홍원의 사부가 누구인 지 알고 있고, 또한 그 실력도 대강은 알고 있다.

"이런 상황에서도 네가 실력을 숨기고 있지는 않겠지."

이어진 맹여립의 말에 홍원은 그저 웃을 뿐이다.

맹여립은 의술로 무림에 이름이 높을 뿐, 무공은 그렇지 않 다. 지금처럼 혼란한 상황에서는 사람들이 맹여립까지 보호하 며 싸우게 할 수 없기에 그가 이곳으로 온 것이다.

경천회의 무사들에게 부담을 줄 수 없어서 말이다.

"이 녀석에게 잘 보이서야겠네요."

홍원이 묵린을 보며 말했다. 맹여립의 시선이 함께 움직였다.

묵린은 맹여립과 시선이 마주치자 슬며시 고개를 돌렸다. 아직도 그날을 기억하기 때문일 것이다.

"이거 원, 큰일이구만."

맹여립이 머리를 긁적이며 말했지만, 그의 얼굴은 여유로웠다.

"으악!"

"큭."

"네 이놈!"

사방에서 요란한 비명과 외침이 들려왔다. 그 거리가 점점 가까워지고 있었다.

일행의 가장 말미에 있었기에 이곳까지 올까 싶었지만 그들은 빠르게 움직였다.

그들의 목표가 인질의 확보였기에 빠르게 몰아치고 있는 것이다.

목표한 인질만 확보하면 언제든 빠질 준비를 하고 덤벼들고 있었다.

홍원은 기감으로 그런 움직임을 읽고 있었다.

"후우."

홍원이 나직이 한숨을 내쉬었다.

"왜 그러냐?"

그 모습을 본 청수신의 맹여립이 물었다.

"바쁠 것 같아서 말입니다."

홍원이 그리 말하며 움직였다. 순식간에 사라졌다.

"녀석, 결국 이리 될 것을 뭘 그리 꽁꽁 숨겼누."

홍원이 사라진 자리를 보며 맹여립이 중얼거렸다.

"으차, 그러면 잘 부탁한다."

맹여립은 묵린에게 그리 말하고는 마차 곁으로 가서 앉았다. 안에는 홍원의 어머니와 동생들이 있었기에 그냥 밖에 적당히 앉은 것이다.

그가 아는 홍원의 성격이라면 아마도 수혈을 점했을 테니, 마차 안으로 들어가는 것은 예의가 아니었다.

그리고 자신도 일단은 무림인이었으니, 만약의 사태를 대비해야 하기도 했다.

묵린이 그런 맹여립의 곁에 다가왔다.

"녀석. 고맙다."

그 행동이 무얼 의미하는지 알았기에 맹여립은 빙그레 웃었다.

구양진극이 모용중호의 발을 붙잡아놓는 동안, 그의 동생인 구양현극이 움직였다. 구양현극의 곁에는 구양대검이 있었다.

미리 계획을 세운 대로 움직이고 있었다.

가장 좋은 계획은 기습이었으나, 이미 발각되었기에 차선책대로 움직였다.

구양현극의 검이 움직일 때마다 경천회의 무사들이 쓰러졌다. 숫자에서도 실력에서도 마황성이 경천회를 압도하고 있었다.

그럴 수밖에 없었다.

미리 경천회의 무력에 대한 정보를 모두 입수하고 그에 맞춰서 준비했으니까.

커다란 변수가 없는 한 이번 일은 아무 문제 없이 계획대로 진행될 것이다.

구양진극과 모용중호의 싸움이 백중세인 것을 보니, 변수는 없을 것 같았다.

그들이 예상한 최악의 변수는 모용중호가 그들의 생각보다 훨씬 강한 것이었으니까.

경천회의 무사들이 최선을 다해 막았으나 속수무책이었다. 그들은 경천회의 무사들을 쓰러뜨리려 싸우는 것이 아니었기에.

눈에 띄는 마차를 향해 노도처럼 몰아쳤다가 목표가 없으면 다음 마차를 향해 움직였다.

그렇게 하기를 세 번.

네 번째 목표를 찾는 구양현극의 눈에 한 여인이 들어왔다.

"저 아이는?"

구양현극은 대번에 모용연을 알아보았다.

"저곳으로 간다!"

구양현극의 외침에 마황성의 파도는 모용연을 향해 몰아쳐 갔다.

모용연은 그 모습을 보았다.

입술을 꽉 깨물었다.

도망칠 수 없었다. 마차 안에서 겁에 질려 있는 동생을 지키기 위해서.

자신이 감당할 수 없음을 알았지만, 절대 이 자리를 벗어날 수 없었다.

그런 그녀의 곁에는 호진백과 문명후가 있었다.

"허어, 이 무슨 일이란 말이냐."

호진백이 어이가 없다는 듯 중얼거렸다.

"저기 구양대검도 있군요. 잘됐습니다. 그날의 설욕을 할 수 있겠군요."

문명후가 구양대검을 발견하고 중얼거렸다.

두 사람 모두 오늘 승산이 없음을 잘 알고 있었다. 하지만 그렇다고 겁을 먹거나 약한 모습을 보이거나 하지 않았다.

그들은 자랑스러운 대경천회의 무사가 아니던가.

두 사람은 사나운 눈을 한 채 각자의 병기를 꽉 쥐었다. 이미 온몸의 내력은 최대한으로 끌어 올린 터다.

시뻘건 검강이 맺힌 검이 호진백을 향해 떨어졌다. 호진백의 검에도 푸른 검강이 맺혔다.

쾅!

검강과 검강이 부딪히며 커다란 폭음이 울렸다.

호진백이 뒤로 주르륵 밀려났다.

"크윽."

목구멍에서 울컥 피가 올라왔다. 호진백의 입가로 피가 흘렀다.

"제법이군."

그런 호진백과는 달리 너무나 평온한 얼굴의 구양현극이 그들을 바라보았다. 그의 곁에는 구양대검이 있었다.

어느새 쫓아온 수하들이 모용연 일행을 둘러쌌다.

남아 있던 경천회의 무사들이 그런 모용연 일행을 지키기 위해 모여들었다.

그렇게 두 세력의 힘이 모용연을 향해 모이기 시작했다.

'크윽, 이대로 둘 순 없다.'

모용중호는 그런 상황을 인지하자 마음이 급해졌다.

하지만 자신을 붙들고 있는 구양진극 때문에 몸을 뺄 수가 없었다.

전력을 다해 싸운다면 이길 자신이 있었다.

하지만 그러기 위해 걸리는 시간이 문제였다. 최소한 수백 번은 도를 부딪쳐야 할 것 같은데, 그때까지 모용연이 버틸 수가 없었다.

그런 상황에 처하자 점점 더 짜증이 솟구쳐 올랐다.

그의 화가 커질수록 그의 도강이 더욱 영롱하게 빛났다.

하지만 그만큼 내공의 소모도 컸다.

반면 구양진극은 여유롭게 움직였다. 그는 지금 이기기 위한 싸움을 하는 것이 아니었다.

그저 모용중호의 발을 붙들어 시간만 끌면 된다.

"모용 대호법, 그대의 상대는 여기 있소이다. 어디를 계속 신경 쓰시오?"

구양진극은 일부러 모용중호를 자극하기도 했다.

"시끄럽다!"

모용중호가 사납게 소리쳤다.

"허허, 그리 뻔한 공격이 본인에게 통할 것 같소이까?"

구양진극이 모용중호의 공격을 흘려내고 다시 한 번 약을 올렸다.

"이익!"

모용중호의 얼굴이 점점 더 시뻘게지고 있었다.

두 사람의 상반된 입장이 한쪽에는 초조함을, 한쪽에는 여유를 선사했다.

그리고 상황은 여유로운 사람에게 더욱 유리하게 흘러가고 있었다.

홍원은 그 모습을 모두 지켜보았다.

예전이라면 조금 더 망설였을 테지만 지금은 그럴 이유가 없었다.

자신의 가족도 이 전투의 현장에 있었으니까 최대한 빨리 끝내는 것이 좋았다.

구양현극이 호진백을 향해 두 번째 검격을 펼치려는 찰나.

호진백이 내상을 입은 몸으로 다시 한 번 모든 내공을 끌어올려 구양현극에게 맞서려 하는 그때.

홍원이 두 사람 사이에 끼어들었다.

그리고 백색의 검강이 맺힌 묵검이 구양현극의 검에 맞부딪혀 갔다.

서걱.

전혀 다른 소리가 났다.

검강과 검강이 부딪히는 폭음이 아니었다.

분명 시뻘건 검강과 새하얀 검강이 부딪혔건만.

사람들의 상식과는 전혀 다른 소리였다.

갑자기 난입한 이가 누구인지에 대해 관심을 가지기도 전에, 구양현극의 검신이 반 토막이 나 바닥에 뚝 떨어졌다.

"허."

"이게 무슨."

사람들은 깜짝 놀랐다.

검강과 검강이 부딪혔는데, 한쪽의 검만 일방적으로 잘리다니.

있을 수 없는 일이었다.

아니, 적어도 그들의 상식으로는 들어본 적이 없는 일이다.

이런 일은 일반적인 보통의 검과 검강이 부딪혔을 때나 발생하는 일이다.

믿을 수 없는 일을 해낸 이가 누구인지, 그제야 사람들의 시선이 홍원을 향했다.

홍원은 여전히 담담한 얼굴로 검을 들고 서 있었다.

그런 홍원의 모습을 확인한 이들 중 몇몇은 깜짝 놀랐다. 홍원의 정체를 알고 있기 때문이다.

"장 공자?!"

그중 가장 혼란스러운 사람은 단연 모용연이었다.

홍원이 고개를 돌려 모용연을 쳐다보았다. 경악에 가득 찬 그녀의 얼굴이 보였다.

홍원은 살짝 미소를 지어주고는 다시금 눈앞의 적에게 집중했다.

상당히 강한 자다.

저 앞에서 치열한 싸움을 벌이고 있는 모용중호에 비하면 손색이 있었지만, 그 어느 곳에서도 당당히 스스로를 드러낼 수 있는 강자였다.

물론 그것은 이곳에서 홍원 자신을 제외했을 때의 이야기다.

"네놈은 누구냐?"

반만 남은 자신의 검을 힐끗 본 구양현극이 홍원에게 외쳤다.

그의 목소리에는 당황스러움이 가득했다.

"이 일행에 묻어가는 가족의 가장이오만."

홍원은 여전히 웃음 띤 얼굴로 말했다.

차라리 잘되었다 싶었다.

모용혜와 모용연을 목표로 한 이들이기에 대부분이 이곳에 모여 있었다.

그렇다면 자신이 정리하기도 쉬웠고, 가족들에 대한 걱정도 덜 수 있었다.

구양대검의 놀람은 이루 말할 수 없었다. 아무리 봐도 자신의 또래로 보이는 사내다. 한데 갑자기 나타나 숙부의 검강을 잘라 버리다니.

숭무련의 무림 대회에서 압도적인 우승을 차지하면서 그 자신감이 하늘을 찌를 듯했는데, 이곳에서 진정한 강자를 마주한 것이다.

홍원은 천천히 그들을 훑어보았다.

"네놈, 방자하구나."

구양현극이 홍원을 노려보며 외쳤다.

죽림으로 살던 시절, 목표를 대면했을 때면 듣던 소리다. 그리고 그런 말을 했던 이 중 지금 살아 있는 자는 없었다.

"자신감이 가득하군요."

홍원은 흑운을 치켜들었다. 다시금 검에 백색 강기가 피어올랐다.

구양현극은 반만 남은 검을 버리고 손을 내밀었다. 수하가 얼른 검을 건네주었다.

그는 딱히 애병이라 할 특별한 병기를 지니지 않았다.

병기는 신외지물일 뿐이라며, 평범한 청강장검을 가지고 다닌 터다. 그랬기에 수하의 검을 아무렇지도 않게 받아서 사용할 수 있었다.

다시금 시뻘건 검강이 구양현극의 검에 피어올랐다.

붉은 핏빛과 같은 검강이다.

"네놈, 조금 전에는 어떤 사술을 부렸는지 알 수 없다만, 어디까지나 운이 좋았을 뿐이다."

구양현극이 홍원을 노려보며 말했다. 홍원은 여전히 웃음 띤 얼굴로 구양현극을 바라보았다.

"타핫!"

구양현극이 홍원을 향해 몸을 날렸다.

마황성주의 성명절기인 구화마룡검법(九禍魔龍劍法)이 펼쳐졌다. 아홉 가지의 불행을 가진 마룡의 검이라는 이름답게 그 검의 기운은 강맹하면서도 불길했다.

홍원도 마주 검을 움직였다.

무유팔절검해가 다시금 홍원의 손에서 펼쳐졌다.

두 검이 어우러졌다.

붉고 하야며, 검은빛의 향연이 펼쳐졌다.

과연 조금 전은 구양현극이 방심했던 것인지, 그의 검강이 홍원의 검강에 한 치도 밀리지 않았다.

아니, 그래 보였다.

하지만 구양대검은 알 수 있었다.

자신의 숙부가 전력을 다하는 것에 비해 저 상대는 아주 여유로운 상태임을 말이다.

주위의 모든 사람이 두 사람의 대결이 보여주는 화려함에만 빠져 있었지만, 구양대검 그는 아니었다. 그는 다른 이들이 느끼지 못하는 두 사람의 우열을 알아차리고 있었다.

구양대검은 자신이 알아차렸다면, 아마도 경천회에서도 알아차린 이가 있을 것이라 생각했다.

그의 생각대로였다.

호진백이 두 사람의 상황을 대강이나마 알아차렸다.

'허어, 이럴 수가…….'

호진백은 홍원을 처음 만났을 당시를 떠올렸다. 그는 정말 아무것도 모르는 순박한 사냥꾼이었다.

모용연이 무언가 숨기는 것이 있을 것이라고 말도 안 되는 도발을 했었다. 그리고 지난번 읍성에서 모용연이 그러한 연유를 알았다고 생각을 했다.

하지만 지금 보이는 모습을 보니, 그 정도가 아니었던 모양이다.

자신은 구양현극이 아무렇게나 휘두른 검강에도 내상을 입었건만, 홍원은 구양현극이 전력을 다해 펼치는 구화마룡검도 여유롭게 받아내고 있었다.

모용연도 아마 깜짝 놀란 상태이리라. 자신의 그 이상한 직감이 느꼈던 것의 정체가 저런 어마어마한 무공 실력일 거라고는 생각도 못 했을 테니까.

구양현극은 싸움이 길어질수록 경악했다. 어찌 이런 일이 있을 수 있단 말인가.

자신의 구화마룡검법의 성취가 형인 구양진극이나 아버지인 구양벽에 비해 손색이 있다 하지만 결코 가볍지 않았다. 그런 자신이 전력으로 펼치는 검을 상대는 너무나 가볍게 받아내고 있었다.

오히려 간간히 자신을 향해 들어오는 공격에 간담이 서늘할 지경이다.

방금도 자신의 허리를 향해 날아오는 검을 겨우겨우 피했다.

검강이 스치기만 해도 치명상을 입을 부위였다.

'빌어먹을, 이런 괴물이 대체 어디에 숨어 있었던 거지? 천선문에서 준 정보에는 전혀 없던 놈이야.'

낭패였다.

이런 강자가 있을 줄이야.

구양현극이 지금까지 겪은 바로는 성주인 구양벽이 와야 감당이 될 것만 같았다.

그때.

구양대검이 두 사람의 싸움에 난입했다.

구양대검의 검에도 붉은 검강이 솟구쳐 있었다. 구양현극과 비교하자면 그 빛깔이 탁한 기가 있으나 분명한 검강이다.

그의 난입에 대경한 것은 호진백과 문명후, 모용연이었다.

그때 누가 뭐라고 할 틈도 없이 문명후가 달려 나갔다. 도기(刀氣)를 한껏 머금은 그의 도가 구양대검의 검과 부딪혔다.

검강과 도기.

누가 봐도 우열이 확실했다.

문명후는 이를 악물고 단천참마도를 전력을 다해 펼쳤다. 지난 무림 대회 이후 이를 악물고 수련에 매진했다.

그때와는 비교도 할 수 없을 만큼 강해졌다. 그러나 그것은 상대도 마찬가지였다.

열 합을 넘기지 못하고 문명후는 피를 토하고 뒤로 물러섰다. 심한 내상을 입은 것이다.

구양대검은 그런 문명후에게는 관심도 없다는 듯 홍원에게 달려들었다.

양쪽에서 날아드는 검강을 쳐내면서도 홍원의 얼굴에는 시종일관 여유가 자리했다.

갑작스러운 상황의 변화에 당황한 것은 구양진극이었다. 지금까지 여유롭게 모용중호를 상대하고 있었다.

저 정체불명의 무인의 갑작스러운 등장 이전에는 말이다.

그러나 이제는 입장이 바뀌었다.

미친 소처럼 날뛰던 모용중호가 여유를 찾은 것이다.

당장 자신이 가지 않더라도 모용연과 모용혜에게 아무 일도 없으리라는 믿음이 생긴 덕이다.

'혜아의 친구 오라비라 들은 것 같은데… 설마 저런 은거 고수라니……'

모용중호는 잠시 딴생각을 할 정도의 여유까지 생겼다.

"허, 놀랍습니다. 우리 정보에는 없던 저런 고수가 함께하다니요."

구양진극은 어떻게든 모용중호의 집중을 흩어버리기 위해 말을 걸었다.

"글쎄, 마황성의 정보 수집 능력이 형편없군."

돌아온 모용중호의 말에 구양진극의 얼굴이 시뻘겋게 변했다.

이제 둘 사이의 유불리는 완벽히 뒤집어졌다.

홍원은 여유롭게 검을 휘둘렀다.

생각보다 괜찮았다.

지금까지 줄곧 홀로 검을 휘둘러 왔다.

이 정도 수준을 가진 적들과 생사투를 벌이며 무유팔절검해를 펼친 적이 없었다.

자신보다 압도적인 강함을 가진 사부를 상대로 한 대련이 아니면 자신에 비해 형편없이 약한 이들을 상대한 싸움이 전부다.

덕분에 제법 재미가 있었다.

더 빨리 끝낼 수 있는 상황임에도, 홍원이 갑자기 난입한 구양대검까지 함께 어울려 주는 이유다.

상황이 급박하거나, 위기라면 이런 여유는 부리지 않았을 것이다.

　하지만 홍원은 기감으로 느낄 수 있었다. 습격에 참가한 모든 무인은 지금 자신과 구양현극의 싸움에 집중하고 있었다.

　목표가 자신의 뒤에 있는 모용혜이기 때문이리라.

　덕분에 홍원은 좀 더 무유팔절검해에 집중할 수 있었다.

　홍원의 검이 보이는 변화가 점점 더 다채로워졌다. 같은 초식임에도 사람을 상대하며 보일 수 있는 변초가 더욱 늘어난 것이다.

　아홉 초식와 여덟 초식으로 이루어진 검법들이 어우러지면서 무수한 변화가 나타났다.

　거기에 상대는 두 사람.

　홍원의 검이 더욱 빠르고 변화무쌍하게 움직였다.

　그 모습을 넋 나간 사람처럼 보고 있던 호진백이 깜짝 놀랐다. 언젠가 저런 움직임의 검을 본 적이 있었다.

　갈현청 호법의 친우라는 거인의 검이었다.

　우연한 기회에 한번 견식할 수 있었던 검법이었다.

　"무유팔절검해……."

　호진백이 작게 중얼거렸다.

　아주 작은 소리였음에도 호진백 주변의 사람은 모두 들을 수 있었다.

　심지어 홍원에 맞서 미친 듯이 검을 휘두르던 구양현극과 구양대검마저도 들었다.

　"하앗!"

구양현극은 전력을 다해 검을 크게 휘둘렀다.

홍원이 방어를 하는 틈을 타 재빨리 뒤로 물러났다. 구양대검도 함께였다.

잠시 숨을 돌리기 위함이다.

아니, 정확히는 갑자기 들려온 말의 진위를 확인키 위함이다.

자신은 무유팔절검해를 겪은 적이 없었다.

아버지인 구양벽이 한번 겪어보았을 것이다.

"그 말이 사실인가?"

홍원에게 묻는 구양현극의 목소리가 살짝 떨려 나왔다. 그 정도로 그 사실이 가지는 파장이 컸기 때문이다.

"무엇 말이오?"

홍원이 되물었다.

"무유팔절검해. 네가 펼친 검법이 그것이 맞냐는 말이다!"

호통을 치는 구양현극이었지만, 그의 목소리는 점점 더 심하게 떨렸다.

제발 아니기를 바라면서 묻는 말이다.

"그것이 중요하외까? 그런들 어떻고, 저런들 어떻기에 말입니다."

홍원도 잠시 호흡을 정리하며 물었다.

그의 이마에 땀방울이 송골송골 맺혔다. 한창 흥이 오르던 차에 멈추게 되어 아쉬움 마음도 있었다.

"아주 중요한 문제지. 무유팔절검해는 그의 절기이니까."

그.

구양현극이 말한 그.

그가 누구인지는 이곳에 있는 사람 모두가 알고 있었다.

무림인치고 그의 이름을 모를 이는 없을 것이다.

오천존.

이황이제일선(二皇二帝一仙)의 절대적인 위치에 오른 다섯의 무인.

이렇게 통칭하지만, 아는 사람들은 알고 있다.

실제로는 일선이 이황이제보다 훨씬 윗줄의 고수임을 말이다.

일선이 홀로 고고히 독야청청하기에, 세력의 수장이 이황이제와 함께 오천존에 묶였음을 아는 이들은 알고 있었다.

그리고 구양현극과 구양대검, 호진백과 모용연도 그 사실을 너무나 잘 아는 이들이었다.

일선 무유검선 백리평.

그 이름이 가지는 무게는 엄청났다.

그리고 그런 무유검선의 성명절기가 바로 무유팔절검해다.

무유팔절검해를 직접 보거나 겪은 이는 얼마 없으나, 무유팔절검해라는 검법은 무림의 밥을 먹은 이라면 누구나 알고 있었다.

그만큼 유명하고, 대단한 검법이다.

홍원이 관심 없었기에 사람들이 그 정도 반응을 보이리라는 것을 예상 못 했을 뿐이다.

살수 죽림으로 지내면서 사부인 무유검선에 대해 입에 올리지 않았으니, 무림인들이 사부를 어찌 여기는지에 대해서는 감이 조금 없었다.

"흐음."

홍원이 잠깐 주변을 둘러보았다.

적아를 구분치 않고 사람들의 시선이 홍원에게 집중되었다.

그 대답에 대한 집중도는 가히 최고였다.

현재 싸우고 있는 이는 모용중호와 구양진극 두 사람뿐이었다.

그들은 이곳에서 있었던 대화를 제대로 들을 수 없었기에 당연한 일이다.

홍원에게는 신선한 경험이었다.

설마 서로 적대하던 이들이 다툼을 멈추고 자신에게 집중하다니.

강호에 나온 후 사부의 위명을 듣기는 했으나, 사람들이 사부의 위명에 반응하는 것을 본 건 처음이었다.

목이문에서는 그들이 사부와 특별한 인연이 있기에 그러려니 했었다.

하지만 이곳은 아니다.

경천회는 몰라도 마황성은 사부와 아무 연관이 없는 곳이다.

자신이 사부와 함께한 세월 동안은 그랬으니까.

호진백은 이미 답을 알고 있었다.

그는 보았으니까. 그리고 그에게 제자가 있다는 사실도 알고 있었다.

설마 저 사냥꾼이 그 제자일 줄이야.

"분명 무유팔절검해가 맞습니다."

홍원이 짧게 대답했다.

그 짧은 대답이 몰고 온 파장은 엄청났다.

"이럴 수가!"

"설마!"

"그렇다면!!

"무유팔절검해라니?!"

마황성과 경천회 구분 없이 사람들은 경악에 빠져들었다. 그 소란스러움은 엄청나서 모용중호와 구양진극마저 잠시 도와검을 멈추고 홍원 쪽을 살폈을 정도였다.

"그, 그렇다면 네놈의 사부가……."

구양현극이 침을 꿀꺽 삼키고는 떨리는 목소리로 물었다.

"백리 성에 평 자를 쓰시오."

백리평.

그 이름 석 자보다 검선이라는 두 글자로 더 널리 알려져 있다.

"검선!!"

"무유검선!!"

이미 예상했지만 본인의 입에서 그 말이 나오니 그 경악은 절정에 달했다.

구양현극도 두 눈을 부릅떴다. 설마 했던 것이 정말일 줄이야.

호진백만은 이미 예상했기에 담담한 표정이었다.

그의 곁에 있는 모용연은 제정신을 차릴 수가 없었다.

한꺼번에 너무 많은 것이 몰아쳐 왔기 때문이다.

삼류 무사 정도의 무공 실력일 거라 생각한 홍원이 구양현극을 여유롭게 상대할 정도의 고수라는 사실에 이미 경악을 한 상태다.

거기에 그가 익힌 검법이 무유팔절검해이고, 그의 사부가 검선이라니.

쉬이 믿기 힘든 사실이 연이어 터져 나왔다.

그때 구양진극이 구양현극을 향해 달려왔다. 잠깐 검을 멈춘 사이 몸을 뺀 것이다.

경공 실력이 모용중호보다 빼어났기에 틈이 생기자 재빨리 몸을 뺄 수 있었다.

모용중호도 황급히 쫓아왔다.

다시 도를 맞댈 분위기가 아니었기에 모용연의 곁에 섰다.

"이게 무슨 일인가?"

사람들의 경악성을 얼핏 들었다.

분명 무유팔절검해라 했던 것 같았기에, 모용중호는 호진백에게 물었다.

"저 친구가 무유검선의 제자랍니다."

호진백이 담담하게 답했지만, 모용중호는 대경했다.

구양현극을 상대하는 모습을 봤을 때부터 예사 인물은 아니겠거니 했지만, 검선의 제자라니.

좌중을 경악에 빠뜨린 홍원은 여전히 담담한 얼굴이었다.

"이것이 이토록 중요한 사실인 줄은 몰랐군요."

홍원은 다시 검을 들었다.

하지만 구양현극은 쉬이 검을 들지 못했다.

이미 자신이 열세임을 느낀 터다. 거기에 상대가 검선의 제자라니.

아직 새파랗게 어린 녀석이라 아무리 검선의 제자라도 실력에 한계가 있었어야 할 터인데, 이미 자신을 뛰어넘는 실력을 가지고 있었다.

구양진극은 구양대검에게 그간의 일을 모두 듣고는 얼굴을 찌푸렸다.

철저히 준비했건만 예상과 다르게 일이 흘러가고 있는 까닭이다.

설마 검선의 제자가 저 정도의 실력을 가지고 읍성에 은거해 있을 줄이야.

'빌어먹을 천선문 녀석들. 겨우 그 작은 성의 정보도 제대로 모으지 못해 이렇게 우리를 엿 먹여.'

구양진극은 속으로 천선문에게 욕을 퍼부었지만, 그렇다고 해결될 문제도 아니었다.

이미 경천회를 습격했고, 오늘 이후 마황성과 경천회는 전쟁에 돌입할 것이다.

그리고 모용혜와 모용연을 인질로 잡으면 아주 쉽게 경천회를 압도할 수 있을 거라는 계획이었으나, 시작부터 꼬여 버렸다.

'이대로는 대업에 차질이 생긴다… 후우…….'

온갖 생각이 떠올랐으나 뾰족한 수가 없었다.

당장 눈앞의 자신들을 향해 검을 겨누고 기세를 한껏 올리고 있는 홍원의 분위기가 심상치 않았다.

홍원이 정체를 밝힌 이후에, 경천회의 무사들의 얼굴에는 여유가 생겼다. 그리고 반면 마황성의 무사들은 초초함이 가득했다.

"그럼, 다시 갑니다."

그때 홍원이 움직였다.

검에는 다시금 새하얀 검강이 피어올랐다.

홍원의 일검은 나란히 서 있는 구양진극과 구양현극을 동시에 노리고 있었다.

거대한 해일과 같이 단번에 쓸어내 버리려는 일검.

구양진극은 그 검로를 읽었다.

"건방진!"

아무리 검선의 제자라 하지만 자신과 동생을 동시에 상대하겠다니.

구양진극의 검이 홍원의 검에 마주쳐 갔다. 구양진극은 전력을 다했다.

쾅!

검과 검이 부딪히는 폭음이 울리고, 구양진극이 뒤로 튕겨나갔다.

홍원의 검은 여전히 구양현극을 노리며 움직였다.

"크윽."

구양현극은 그야말로 젖 먹던 힘까지 다해서 홍원의 검을 막았다.

쾅!

다시 울린 폭음과 함께 구양현극도 뒤로 날아갔다.

"컥."

내상을 크게 입어 입으로 피를 뿌리며 형편없는 모습으로 바닥을 굴렀다.

낭패한 모습으로 구양진극이 겨우 몸을 바로 잡았다.

입가로 흐르는 피가 그도 내상을 입었음을 알려주었다.

"대단하군요. 이번에는 제법 전력을 다했는데……."

그 모습에 홍원은 살짝 놀랐다.

구양진극의 실력이 자신의 예상보다 뛰어났기 때문이다.

검에 실린 위력의 칠 할 정도를 구양진극이 해소해 냈다. 그랬기에 구양현극이 큰 내상을 입는 정도로 홍원의 검을 견딘 것이다.

그렇지 않았다면 생명이 위태로웠으리라.

모용중호는 그 모습에 깜짝 놀랐다.

자신도 제법 시간을 소모해야 제압할 수 있는 적을 일검에 제압했으니.

아무리 자신과 싸워 제법 내공을 소모했다 하더라도 말이다.

구양대검은 입술을 깨물고 가만히 홍원을 노려보는 것밖에는 할 수 없었다.

천외천.

그야말로 하늘 밖의 하늘이었다.

또래에서는 자신이 최고라는 자만심도 어느 정도 가졌었다. 그런데 눈앞의 인물은 자신을 아득히 뛰어넘고 있었다.

패배감과 모멸감이 찾아왔다.

그는 자신이 안중에도 없었다.

"그럼 다시 갑니다."

홍원의 검이 다시 움직이려 했다.

그때.

"모두 물러난다."

구양진극이 황급히 명령을 내리고 몸을 뒤로 뺐다. 그와 동시에 마황성의 무사들이 몸을 빼기 시작했다.

홍원은 잠시 갈등했다.

이윽고 검을 검집에 넣었다.

마음 같아서는 당장 쫓아가서 모조리 처리하고 싶었지만, 지금은 어머니와 동생들과 함께 있다.

피를 뿌린 후 어머니와 동생들을 만나고 싶지는 않았다.

덕분에 마황성의 무사들은 목숨을 건졌다.

'당신들 운이 좋았군. 만약 나 혼자 이 일행에 있었다면…….'

자신의 가족이 있는 일행을 노렸기에 살심이 솟구쳤지만, 가족이 있었기에 그 살심을 터뜨릴 수 없었다.

마황성이 물러나고 현장의 수습은 빨리 이루어졌다.

다행히 목숨을 잃은 이는 없었다.

중상자는 몇 있었지만, 압도적인 전력으로 찾아온 적들의 기습에 이 정도의 피해로 막았다는 것은 대단한 일이다.

모두 홍원 덕분이었다.

상정 외의 절대고수의 존재.

그때 멀리서 먼지구름을 일으키며 다수의 무리가 달려왔다.

경천회의 무상인 위지천악이 선두에 있었다.

경천회의 경계까지 마중을 나왔다가, 변고를 알아차리고 서둘러 오고 있는 것이다.

홍원이 없었다면 한발 늦었으리라.

그 사실을 모용중호와 호진백, 모용연은 잘 알고 있었다.

이후의 여정에 홍원 가족을 대하는 태도가 달라졌다.

당연하다면 당연한 일이다.

홍원은 검선의 제자였으니까.

북궁휘용은 자신의 폐관수련실에서 가부좌를 틀고 명상에 빠져 있었다.

준비해야 했다.

언젠가 올 그날을.

아무리 지켜봐도 우문기영은 그 괴물을 꼬리를 찾지 못하는 듯했다.

그 괴물이 괴물이 되기 전에 싹을 자르지 못한다면 자신이 그 괴물보다 강해질 수밖에 없었다.

그날의 기억은 끔찍했다.

그의 일격에 무너지는 전각에서 중상을 입고 기식이 엄엄한 상태였다.

만약 우문기영이 대법을 펼치지 않았다면 어찌 되었을까.

"그때는 너무나 안이했지. 천하에 감히 천선문을 상대할 곳이 없으리란 믿음으로 가득할 때니까."

천천히 눈을 뜨며 북궁휘용이 중얼거렸다.

"하지만 이제는 다르다."

대법이 펼쳐진 직후 북궁휘용은 수련에 매진했다. 그 때문에
문의 대부분의 일을 우문기영에게 맡긴 것이다.

그 괴물을 잡으려는 우문기영은 기꺼이 그 일을 맡았다.

결과는 실망스러웠지만, 덕분에 북궁휘용은 자신을 더욱 강
하게 몰아붙일 수 있었다.

그러나 어려웠다.

북궁휘용의 시선이 앞에 놓인 비급으로 향했다.

천선(天仙).

단 두 글자만 있는 비급.

자신은 이 비급을 얻는 과제를 해결하고 문주가 되었다. 물
론 자신이 문주로 내정되다시피 했기에 과제는 아주 쉬웠다.

하지만 무공은 어려웠다.

아무리 수련하고 궁구해도 그 성취가 쉬이 오르지 않았다.

과거의 자신과 비교할 수 없을 정도로 강해졌으나, 그 괴물
을 생각한다면 아직 멀었다.

"후우, 아무래도 그곳으로 가봐야겠군."

북궁휘용은 조사동을 떠올렸다.

우문기영이 천선문의 본문 위치를 옮겼지만, 조사동은 그곳
에 여전히 있었다.

함부로 옮길 수 있는 곳이 아니었기 때문이다.

"그곳에 무언가 실마리가 있을지도 모르겠어……."

여전히 육 성 정도의 성취에 답보해 있는 천선의 돌파구를 찾아야 했다.

우문기영이 행한 일들을 보면서 느끼는 것이 있었다.

많은 것들이 과거와 다르게 틀어졌다.

그렇다면 그 괴물이 천선문을 찾는 시기도 다를지도 모른다. 그래서 마음이 급했다.

북궁휘용이 폐관실을 나와 자신의 거처로 돌아왔을 때, 전서웅 한 마리가 서탁에 앉아 그를 기다리고 있었다.

"아, 그 일의 결과로군."

전서웅의 발에 묶인 전통을 잠시 보다가 북궁휘용의 마황성의 일을 떠올렸다.

명상에 너무 깊이 빠져 잠깐 깜빡한 것이다.

그 일의 결과를 기다리다가, 잠시 수련을 하러 내려갔던 것이건만.

전서웅의 다리에서 전통을 풀어 전서를 꺼내 읽었다.

한 줄, 한 줄 읽을수록 북궁휘용의 얼굴이 딱딱하게 굳어갔다.

실패했다는 보고였으니 당연한 일이다.

"허어… 이런 일이……."

서탁의 의자에 앉으며 북궁휘용은 허탈하게 중얼거렸다.

우문기영의 계속된 실패에 자신이 은밀히 움직였건만, 자신도 실패해 버렸다.

그 원인이 전서에 쓰여 있었다.

"검선의 제자라……."

북궁휘용이 눈을 찡그렸다.

"설마 사숙조가 이런 제자를 두었을 줄이야."

북궁휘용은 예상 못 했다는 듯 고개를 저었다.

분명 백리평이 제자를 두었다는 사실을 의심하기는 했었다. 우문기영이 그쪽으로 조사를 하고 있었으니 말이다.

유검이 남면의 목이문에서 검선의 흔적을 발견하기도 하였고 말이다. 그래서 우문기영이 유검을 보내 추적케 하지 않았던가.

그렇게 그 흔적을 찾던 자가 이렇게 뜬금없이 나타날 줄이야.

그것도 자신의 계획을 망쳐가면서 말이다.

씁쓸했다.

"어쩌면……."

그때 다른 생각이 떠올랐다.

그자가 읍성에서 경천회와 함께 움직였다는 사실에 주목했다.

읍성에 계속 있었을 수 있다는 것이다.

"흐음……."

북궁휘용이 생각에 잠겼다. 이 일에 대해서 우문기영에게 따로 알릴 생각은 없었다.

이렇게 크게 일을 벌였으니, 오늘 안에 우문기영도 알게 될 것이기 때문이다.

"홍원이라……."

북궁휘용이 낮게 중얼거렸다.

그렇게 홍원의 존재가 천선문에 알려졌다.

경천회의 일행은 순조롭게 경천회의 영역으로 들어갔다. 이
제부터는 걱정할 일이 없었기에 무사들의 얼굴에는 웃음이 가
득했다.

오직 홍원의 주변에서 함께 움직이는 이들만 웃지 않았다.

웃는 것보다는 홍원을 힐끔거리는 데 정신이 없었다.

홍원은 담담한 얼굴로 여전히 마부석에 앉아 있었다. 경천회
에서 마차를 바꿔준다 했지만, 정중히 거절했다.

자신의 가족들은 이것으로 족했다.

바꿔야 할 일이 있다면 홍원이 부탁할 생각이었다.

어머니와 동생들은 갑작스러웠던 깊은 잠 이후 바뀐 분위기
를 느꼈다.

홍원이 그저 웃으며 아무 말도 안 해주었기에 그저 궁금히
여길 뿐이었다.

그 의문을 해소한 것은 얼마 후 모용혜와 함께 식사를 하면
서였다.

모용혜가 홍산과 홍해에게 그들이 잠든 동안 있었던 일을
이야기해 주었기 때문이다.

어머니는 물론 홍산과 홍해는 깜짝 놀랐다.

홍원이 그토록 대단한 고수였다니.

홍산은 자신의 형을 뿌듯해했다. 그리고 막 집에 돌아왔을
때 형을 원망했던 자신을 부끄러워했다.

어머니는 그저 담담한 모습이었다.

어르신은 믿음이 가득한 얼굴이었다.

홍원의 정체가 밝혀진 이후 모용혜는 자유롭게 홍원의 마차로 찾아왔다.

어떤 때는 함께 마차를 타고 움직이기도 했다.

홍원은 앞의 행렬을 따라 천천히 마차를 몰며 생각에 잠겼다.

'그들도 알게 되겠지?'

마황성과 경천회의 싸움에서 그렇게 자신을 드러냈으니, 분명 천선문도 자신에 대해 알게 되리라.

아니, 천선문뿐 아니라 숭무련과 사혈궁의 시선도 자신에게 향할 것이다.

처음 마음먹은 것과는 너무나 다른 흐름이다.

'뭐, 흘러가는 대로 자연스럽게.'

홍원은 그리 생각했다.

이왕 읍성을 떠나온 것, 어쩌면 여정이 좀 길어질지도 모르겠다는 생각도 들었다.

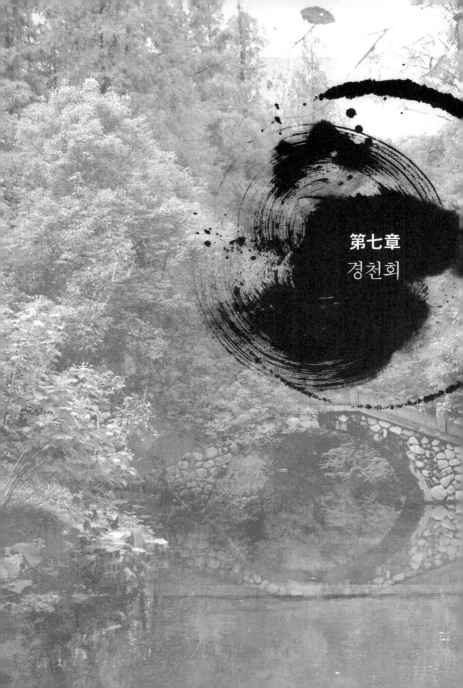

第七章
경천회

무유검선의 제자가 나타났다.

그 소식은 그야말로 섬전처럼 무림의 주요 세력들에게 전해졌다.

"허······."

우문기영은 그 소식을 접하고 한동안 넋이 나가 있었다.

혹시나 하여 그놈을 찾기 위해 유검을 보내지 않았던가. 그리고 유검은 사형의 흔적을 쫓아 현재 광평성에 있다.

그리고 얼마 전에 백리평과 함께 움직인 아이가 있는 것 같다는 소식을 전해왔었다.

이번 일은 순조롭게 진행이 되는 것 같아 내심 만족하고 있던 터였다.

그랬는데.

난데없이 경천회의 일행 한가운데서 검선의 제자가 나타났다.

그것도 자신이 이미 알고 있는 인물이었다.

신뇌와 거도가 매일같이 감시를 하면서 보고를 올리고 있던 인물, 바로 그였으니까.

"홍원이라……."

우문기영은 심각한 얼굴로 서탁을 두드렸다.

"이 녀석은 분명 그의 아들이라고 했다. 그렇다면 설마 사형이 그와 인연이 있었던 것인가?"

알 수 없는 일이다.

어쨌든 단서는 찾았다.

자신이 사형의 제자를 추적하는 이유가 무엇이던가.

어쩌면 그 괴물이 바로 사형의 제자가 아닐까 하는 의심 때문이었다.

과연 있을지 확신할 수 없었던 존재.

그 존재가 스스로 모습을 드러냈다. 게다가 경천회와 함께 움직이고 있다고 했다.

그렇다면 목적지는 한 곳이다.

광평성.

마침 그곳에는 유검이 있었다.

우문기영의 손이 바쁘게 움직였다. 서찰을 모두 작성한 우문기영은 전서응 한 마리를 꺼내 날렸다.

"하아, 설마 그가……."

단리유화는 극비에 전해진 정보를 접하고는 머리를 저었다.

그 무시무시한 실력에 대단한 인물임은 알고 있었지만, 설마 검선의 제자였다니.

그렇다면 살수가 정면 대결에서 그토록 강했던 이유도 납득이 되었다.

하지만 검선의 제자가 살수라니.

이 부분만은 이해할 수 없었다.

"당신은 대체 어떤 사람인가요?"

단리유화는 작게 중얼거렸다. 그녀 홀로 있는 집무실이었기에 그 말을 듣는 이는 아무도 없었다.

환술에, 살수에, 검선의 제자.

이토록 복잡한 존재가 또 있을까.

"허어, 그 말이 정말인가?"

교하운은 식사 중에 음식을 씹는 것도 잊고 되물었다.

그가 식사를 멈췄다는 것은 정말로 놀랐다는 뜻이다.

하후필은 그 모습에 피식 웃음을 흘리며 입을 열었다.

"그렇습니다."

"나 참, 나도 완전 까막눈이로구만. 검선의 제자를 마주하고도 알아보지 못하다니, 허."

교하운은 어이가 없다는 듯 중얼거렸다.

어느새 그는 젓가락을 내려놓은 채였다.

"그만큼 그가 강하다는 거겠죠. 주군의 이목을 속일 만큼 말입니다."

하후필의 말에 야율초가 끼어들었다.

"무슨 말도 안 되는! 그런 애송이 나부랭이가 어찌!"

야율초는 절대 인정할 수 없다는 얼굴이었다.

"하지만 우리 중 누구도 그의 무공을 알아차리지 못했어."

하후필이 고개를 저으며 냉정하게 말했다. 사실 그도 심정적으로는 야율초와 같았으나, 인정할 것은 인정해야 했다.

쉽게 감정에 휩쓸리는 것은 책사로서 실격이었다.

"이거 원, 식사 중에 입맛이 떨어지는 것도 참 오랜만이로군."

교하운이 자리에서 일어나며 말했다.

식탁 위에는 아직 음식이 반절이나 남아 있었다. 그가 마음에 들어 하는 음식을 이렇게나 남긴다는 것은 무척이나 드문 일이었다.

"그럼, 천선문에서 읍성에 사람을 보낸 것은 그 친구 때문인 걸까?"

사실 이곳에서 줄곧 천선문의 움직임을 살폈으나 별다를 게 없었다.

그저 홍원의 뒤만 쫓을 뿐이다.

이해할 수 없는 행동이었다. 그래서 더욱 혼란에 빠진 참이다. 정말 하루하루를 의미 없이 보내고 있었다.

물론 교하운은 맛있는 음식을 먹으며 유유자적 보내는 이 생활이 무척이나 만족스러웠다.

다만 천선문의 꿍꿍이를 알 수 없다는 것이 찝찝했을 뿐이다.

그런데 그들이 그렇게 감시하던 인물이 검선의 제자라니.

"자네들, 사대세력이 왜 그렇게 천선문을 경계하는지 아는가?"

철마표국으로 걸음을 옮기며 교하운이 물었다.

"그야 황실의 힘이니 그런 것 아닙니까?"

하후필이 답했다.

"그야 그렇지. 하지만 사대세력이 과연 황실이라는 이유만으로 이렇게 납작 엎드려 있겠는가?"

그도 그렇다.

황실에서 제어하기 위한 명분으로 왕의 칭호까지 내린 사대세력 아니던가.

그들이 힘을 합친다면 어쩌면 황실을 무너뜨릴 수 있을지도 몰랐다.

"그만큼 황실의 힘이 강하다는 거겠죠."

하후필의 말에 교하운이 고개를 끄덕였다.

"그렇지. 아무리 사대세력이라도 황실의 백만 대군을 맞으면 솔직히 힘들어. 더욱이 황실의 수호문인 천선문. 그 존재가 여간 성가신 게 아니지."

"천선문만 놓고 보면 그렇게 성가실 것 같지는 않습니다만……."

하후필이 고개를 갸웃거리며 말했다.

"아니, 백만 대군보다 무서운 힘이 천선문이야."

교하운은 천선문을 무척이나 경계하고 있었다.

야율초와 하후필은 의구심이 가득한 얼굴로 그런 교하운을 바라보았다.

"오천존 중 가장 강한 이가 검선이라는 것은 자네들도 알지?"

공공연한 비밀이다.

각자 자신이 속한 세력의 자존심 때문에 결코 인정하려 하지 않는 진실.

그것이 교하운의 입에서 여과 없이 그대로 나왔다.

사혈궁의 소궁주의 입에서 말이다.

"……."

"……."

하후필과 야율초는 아무 말도 하지 못했다.

"그 검선의 무공이 바로 천선문에서 나온 거야."

그 말에 두 사람은 눈을 부릅떴다.

한껏 경악한 얼굴이다.

이 사실을 아는 이는 무림에서 극히 드물었다.

"사대세력의 수장들은 대강이나마 알고 있는 사실이지. 검선의 무유팔절검해가 사실은 천선문의 무공이라는 걸 말이야. 황실에서 왕의 칭호를 받은 지 백 년이 넘는 세월이 흘렀고, 천선문과 얽힌 지는 그보다 더한 세월이 흘렀어."

교하운이 담담히 말을 이었다.

"과연 사대세력이 잠자코 황실에 고개를 숙이고 있었을까? 천선문에 대해 무수히 세작을 보내고 염탐을 했지. 그리고 천선문의 몇 가지 무공에 대한 정보를 얻을 수 있었어."

두 사람은 미처 알지 못한 비사다.

그런 이야기를 교하운은 옛날이야기 하듯 아무렇지도 않게 두 사람에게 하고 있었다.

두 사람을 그만큼 믿는다는 뜻이다.

하후필과 야율초는 그 사실에 감격했다. 교하운을 향한 충성심이 더욱 깊어졌다.

"그렇게 알아낸 무공 중 하나가 무유팔절검해야. 워낙 극비의 정보라 사대세력의 수장쯤 되어야 알 거야, 아마도. 나도 그 사실을 안 지 이제 겨우 삼 년이니까. 아버님이 굉장히 은밀히 알려주시더군."

"그런 사실을 저희에게……."

하후필이 떨리는 목소리로 말했다.

"아무에게도 말 안 할 거잖아. 안 그래? 훗."

짧은 말에 이어진 웃음.

교하운은 이런 사내였다. 그래서 하후필과 야율초가 충성을 다하는 것이다.

"사실 무유팔절검해라는 것의 이름만 알 뿐, 대체 어떤 검법인지는 아무도 몰랐어. 검선이 나타나기 전에는. 그리고 검선의 검을 실제로 본 이들만 그 무공이 어떤지 알 뿐. 나도 이름만 알 뿐이야."

결국 검선의 무공은 여전히 비밀 속에 있다는 말이다.

그가 천선문의 사람이라는 사실만 알 뿐.

"그런 검선의 제자야. 나를 감쪽같이 속이는 것도 아마 가능했겠지. 검선이 처음 무림에 나타났을 때의 나이를 생각한다면 어려운 일이 아닐지도 모르지."

그렇게 말하는 교하운의 두 눈이 활활 타올랐다.

오랜만에 느끼는 호승심이다.

그로서도 홍원에게 뒤통수를 맞은 심정이었기에.

"그래. 북면에서 마수의 고기를 구한다는 게, 아무리 뛰어난 사냥꾼이라도 결코 쉬운 일이 아니야. 아니, 불가능한 일이지. 그때 의심을 했어야 했어."

교하운의 음성이 점점 무거워졌다.

"내가 먹을 것에 눈이 멀어 이성을 잃어버렸었나 보군. 이제 당분간은 먹는 걸 좀 자제해야겠어."

그 말에 그 뒤를 따르던 두 사람은 깜짝 놀랐다.

"어쨌든 그 덕에 의문 하나는 풀렸어. 천선문이 읍성에 온 이유. 검선의 제자를 감시하기 위함이었어. 무슨 일인지 모르지만 검선은 천선문에 거리를 두는 행보를 보였으니까."

그렇게 교하운은 하나의 오해를 하게 되었다.

은밀히 천선문과 검선을 조사하며 얻게 된 정보가 오히려 그의 눈을 가려 버린 것이다.

"그러면 앞으로 어쩌실 생각이십니까?"

"여기서 기다려야지. 그간 보아온 그의 성정으로 봐서는 고향으로 다시 돌아올 테니까. 그리고 철우라고 했던가? 장 엽사 친구라고 했지? 한번 잘 캐봐. 뭐 건질 게 있는지."

교하운은 철마표국의 표두 한 명을 떠올리며 말했다.

"알겠습니다."

"우와아아아!!!"

"허……."

홍해와 홍산은 두 눈을 부릅뜨며 입을 크게 벌리고는 말을 잇지 못했다.

너무나도 놀랐기 때문이다.

온 세상 사람을 찍어 누를 듯한 위압감을 내뿜는 거대한 문.

단연코 태어나서 처음 보는 것이다.

그런데 저 문이 자신들의 친구의 집 대문이란다.

어찌 놀라지 않을 수 있을까.

웅혼한 기상이 가득한 경천회(敬天會)라는 세 글자.

그 글자를 보는 것만으로도 홍산은 가슴이 뛰었다.

'저런 명필이라니.'

홍원 일행은 마황성의 습격 이후 별다른 일 없이 무사히 경천회에 도착했다.

이미 기별을 받은 경천회에서는 대대적으로 모용연과 모용혜의 귀가를 맞을 준비를 하고 있었다.

홍원은 깜짝 놀란 얼굴의 동생들을 보며 미소 지었다.

자신이 처음 이곳에 왔을 때를 떠올린 것이다.

사부의 손을 잡고 처음 경천회에 당도했을 때, 홍원의 얼굴 역시 홍산의 얼굴과 다를 바가 없었다.

동생 덕에 아련한 추억 하나를 떠올렸다.

호진백은 그런 홍원을 가만히 바라보았다.

그는 자신이 우연히 검선의 검을 견식했던 때를 떠올렸다. 회의 때문에 급히 갈현청을 찾았다가 그만 유려한 검법을 펼치고 있는 검선의 모습을 마주했다.

타인의 수련을 훔쳐보는 금기를 범했음에도 검선은 그저 웃으며 괜찮다 하였다.

단지 자신에 대한 비밀만 지켜달라고 했을 뿐.

그때의 약속을 지키기 위해 호진백은 지금까지도 입을 다물고 있었다.

등선한 친구에게 들었다는 갈현청의 말에, 어쩌면 그 친구가 검선이 아닐까 추측했었다.

지금 보니 맞는 듯했다.

그랬기에 회주가 말도 안 되는 여정을 허락했을 것이다.

아무리 검선이 자신의 정체를 숨겼다 해도, 회주에게는 알렸으리라.

'그때 그 꼬마 녀석이······.'

호진백은 검선을 우연히 만난 그날, 검선의 곁에 있던 사내를 떠올렸다. 열대여섯쯤 되어 보이는 녀석이었다.

꼬마라 하기에는 무리가 있으나, 호진백의 입장에서는 여전히 꼬마일 뿐이었다.

일행을 마중 나온 이들 중에는 갈현청도 있었다.

그는 굉장히 설레는 얼굴로 일행들을 기다리고 있었다.

아마도 검선의 제자 이야기를 전해 들은 듯했다.

역시나 홍원을 발견하고는 당장 홍원을 향해 달려왔다.

"네 이 녀석! 어찌 지금까지 아무 소식도 없었느냐!"

얼마나 반가웠으면 갈현청은 주변에 사람들이 있다는 것도 잊고 홍원의 손을 잡으며 외쳤다.

그의 그런 모습에 모용연과 모용중호, 위지천악 등은 깜짝 놀란 얼굴로 두 사람을 바라보았다.

갈현청이 검선과 친분이 있다는 사실을 아는 이는 굉장히 적었다.

적어도 이 자리에 있는 이들 중에는 맹여립과 호진백이 전부였다.

유검은 멀리 떨어진 곳에서 그 모습을 은밀히 지켜보았다.

'저 녀석이 사숙의 제자. 나에게는 사제인가? 후우, 사숙을 찾으면서 얼핏 예상은 했지만… 설마 이렇게 도깨비처럼 튀어나올 줄이야.'

잠시 홍원을 지켜보던 유검은 고개를 젓고는 몸을 돌렸다. 얼굴을 확인했으니, 다시 만나는 것은 어렵지 않을 터다.

그렇게 걸음을 옮길 때, 갈현청에게 손을 잡힌 홍원이 그의 등을 잠깐 바라보았다.

굉장히 소박하고 단출한 방이다.

한쪽 구석에 업무를 위해 마련된 서탁에는 수많은 서류들이 깔끔히 정리된 채 쌓여 있었다.

서류를 놓아두기 위한 용도로 서탁이 하나 더 있는 걸로 보아, 그 엄청난 업무량이 대강이나마 가늠이 되었다.

방 가운데는 제법 큰 다탁이 놓여 있었다.

네다섯 명은 충분히 앉을 수 있는 크기였다. 아마도 손님을 맞기 위해 준비해 놓은 것 같았다.

그 외에는 벽 한쪽에 놓인 장식대 위의 꽃병 하나와 그 위에 걸려 있는 산수화 족자 하나가 방의 장식 전부였다.

이 방 주인의 성품이 고스란히 느껴지는 배치였다.

그 방 가운데의 다탁에 홍원과 맹여립, 그리고 갈현청이 앉아 있었다.

그런 그들을 맞이하는 이 방의 주인은 경천회주 단천도제 모용백이었다.

"허허허, 무유검선의 제자가 본 회를 찾아주다니 무척이나 반갑네."

모용백이 홍원을 바라보며 말했다.

그는 젊었다.

모용혜의 나이를 봤을 때 짐작할 수 있었다. 홍원의 어머니와 비슷한 연배이리라.

사대세력의 수장이라기에는 젊은 나이다.

마황성과 사혈궁의 성주와 궁주랑 비교하면 굉장히 젊은 편이다.

그들의 손자가 장성했을 정도니 말이다.

이번에 새로이 숭무련의 련주가 된 공야무도 모용백보다 윗줄의 연배다.

"몇 번 찾아온 적은 있었는데, 그때는 감히 회주를 뵙지 못하고 갔습니다. 지금 사과드립니다."

홍원이 담담히 말했다. 그 말에 모용백은 고개를 저었다.

"아닐세. 검선께서도 몇 번이나 갈 호법을 찾아 본 회를 방문한 걸 알고 있네. 그래도 내가 검선을 뵌 것은 단 한 번이지."

모용백의 입가에는 미소가 가득했다.

"그리고 검선의 제자로 천하에 모습을 드러낸 후 가장 먼저 본 회를 방문해 주었으니 나로서는 그저 감사할 따름이야."

그랬다.

무유검선의 제자의 첫 행보.

그가 향한 곳이 경천회라는 사실은 경천회에 큰 이득이었다.

"본디 조용히 방문할 예정이었습니다. 아이들 때문에 걸음한 것이라서요."

"아, 장 공자의 동생들이 혜아의 친구들이라지? 정말 고맙네. 이곳에서는 친구라는 존재가 없다시피 했던 아이야."

모용혜의 이야기가 나오자 모용백은 세상 그 어느 아버지보다 딸을 사랑하는 아버지의 얼굴을 했다.

속칭 딸 바보.

홍원은 자신이 가끔 홍해를 볼 때 느끼는 감정이었기에 그의 심정을 충분히 이해할 수 있었다.

"뭐, 그거라면 마황성 놈들에게 고마워해야겠군. 빌어먹을 놈들."

맹여립이 찻물을 삼키며 투덜거렸다.

그로서는 정말 깜짝 놀랄 경험이었으니 당연한 반응이다.

"허, 정말 신의의 말씀대로군요. 이거, 구양 성주께 감사의 서신이라도 보내야 할까요? 하하."

맹여립의 말을 모용백은 능숙하게 농으로 받아들였다.

마황성의 습격이 없었다면 홍원이 굳이 본신의 무력을 드러내지 않았을 테니 어찌 보면 일리 있는 농이었다.

"그래도 그렇지, 그래. 평이의 부고만 전하고 여태 소식 한 번 없었느냐, 무심한 녀석."

갈현청이 홍원을 책망하는 얼굴로 바라보았다.

"무심하고도 무심하지. 이야기를 들어보니 자홍선지초를 찾으러 읍성에 갔을 때 연이가 만났었다고 하더군."

맹여립의 말에 갈현청이 놀라서 홍원을 바라보았다.

"그때 그곳에 있었단 말이냐? 그런데 날 찾아오지 않았어?"

몹시 섭섭해하는 얼굴이었다.

모용백은 차를 음미하며 오랜만의 회포를 푸는 세 사람을 가만히 지켜보았다.

검선과 청수신의, 그리고 청검.

이 세 사람의 친교는 모용백도 잘 알고 있었다. 그러니 검선의 제자를 맞는 두 사람의 심정이 오죽하랴.

"가만, 그러고 보니 그때 그 녀석이 자홍선지초를 가져다 준 게……."

갈현청이 생각났다는 듯 홍원을 다시 보았다.

홍원은 슬며시 미소를 지으며 고개를 끄덕였다.

"허어, 어째 그 영약에 환장한 녀석이 용케도 그걸 먹지 않고 침을 질질 흘리면서 전해주더라니. 네 녀석도 그곳에 있었구나!"

갈현청은 그제야 깨달았다는 듯 큰 소리로 외쳤다.

그 내용에 모용백이 끼어들었다.

"갈 호법님, 그게 무슨 말씀이십니까?"

자홍선지초는 그의 딸의 목숨을 살린 약재다. 궁금할 수밖에 없었다.

자홍선지초를 구한 연유에 대해서는 그도 이미 알고 있었다. 그리고 신기한 일이 다 있다고 생각했었다.

검선의 개가 영약을 너무나 밝혀 기가 막히게 찾아내는데, 북면에서 자홍선지초를 찾아주었다는 믿기 힘든 이야기 말이다.

"백린이 그놈을 통해 자홍선지초를 나에게 보낸 사람이 이 녀석이란 말입니다. 그놈은 영약에 보통 환장한 게 아니라 눈앞에 있으면 순식간에 먹어치웁니다. 그런데 그 귀한 약을 망태기에 담아 왔으니… 분명 홍원 이 녀석이 어디선가 지켜보고 있었겠지요."

그 말에 모용백은 일순 멍한 얼굴을 했다.

생각지도 못했던 사실에 잠깐 정신을 놓은 것이다. 절대 고수 지경에 오른 자가 평정심을 잃을 정도로 모용백의 딸 사랑은 대단했다.

"허… 그렇다면 장 공자는 내 딸의 목숨을 두 번이나 구해주었군. 정말로 나에게 있어 은인 중의 은인이야. 이 은혜를 내 어찌 갚아야 할지……."

홍원은 자신을 바라보는 모용백의 눈길이 무척이나 부담스러웠다.

이런 것을 바라고 도운 것이 아니지 않은가.

"그저 인연이 닿았을 뿐입니다. 그러니 괘념치 마십시오."

홍원이 손사래까지 쳤음에도 모용백의 얼굴은 단호했다.

"아니야. 사람으로서 어찌 그럴 수 있는가. 난 내 할 도리를 다해야겠네."

모용백은 단호했다.

생사대적을 만난 듯한 얼굴로 은혜를 갚겠다 말하고 있었다.

그렇게 네 사람의 자리는 무척이나 화기애애하게 마무리되었다.

유검은 주루에 앉아 멀리 경천회를 바라보았다.

'어떻게 만나야 할까?'

우문기영이 급하게 보낸 전서를 떠올렸다.

그의 천선을 확인하라는 것과 그의 병기를 확인하라는 전언이 있었다.

병기는 이미 확인했다.

그가 경천회에 도착했을 때, 그의 허리에 매인 검을 봤으니까.

무엇보다 검선의 제자라면 당연히 검을 쓰지 않겠는가.

그런데 굳이 병기를 확인하라고 하니 당최 무슨 생각인지 알 수가 없었다.

'뭐, 지금까지 태상호법의 명령이 전부 그랬으니…….'

유검은 그렇게 그러려니 하고 넘어갔다.

'그나저나 천선이라…….'

문의 소문주들만이 익힌다는 천선문의 문주지공.

유검도 그 이야기만 들었을 뿐, 본 적은 없었다. 그의 사부는 소문주가 아니었기 때문이다.

그의 사부의 항렬은 검선과 같았지만, 소문주가 아니었다. 뛰어난 재능을 가진 다섯의 제자만이 소문주가 된다.

그들 중 하나가 문주가 되는 것이고.

천선을 모르는 그가 과연 천선을 본다고 무엇을 알아낼 수 있을까.

'점점 모르겠어.'

사실 유검의 관심이 가는 것은 무유팔절검해였다.

당연한 일이다.

검선을 존경해 그의 뒤를 좇아 무유팔절검해를 익힌 유검이다. 검선에게 직접 사사한 무유팔절검해가 궁금할 수밖에 없었다.

그 욕망을 이루기 위해서라도 홍원을 반드시 만나야 했다.

'하지만 경천회로 들어가는 것은 무리고…….'

경천회의 경계 상태는 엄중했다. 아무리 그래도 쉽사리 숨어들 수 없었다.

'결국 그가 나오기를 기다리는 수밖에 없군.'

유검은 술 한 잔을 넘겼다. 그러는 중에도 그의 시선은 경천회의 정문에 고정되어 있었다.

'그래야 문주의 명령도 해결을 하지.'

홍원의 현재 무위의 수준을 파악하라.

태상호법의 명령과는 다른 경로로 전해진 문주 북궁휘용의 명령이었다.

그리고 그 결과는 비선을 통해 암투에게 알리라고 되어 있었다.

'후우, 문 내에서 무슨 일이 벌어지는 건지.'

문득 그런 걱정이 들었다.

지금까지 태상호법에게 문의 일 대부분을 맡기는 듯하던 문주가 움직이기 시작했다.

그것은 좋았다.

이제 문주가 문을 정비해야 할 때이기도 했으니까.

다만, 아무리 봐도 문주가 태상호법과는 다르게 움직이는 것 같았다.

태상호법이 문주의 움직임을 모르는 듯했으니 말이다.

당최 무슨 생각들인지 알 수가 없었다.

덕분에 자신 같은 사람은 이중으로 명령을 받고 있었다.

"나 같은 아랫것은 뭐, 시키는 대로 해야지."

답답한 마음에 자신도 모르게 작게 중얼거렸다.

유검은 그저 검을 수련하는 게 좋은 사람이었다. 비은팔호법의 자리에 오른 것도 일이 적었기 때문이다.

천선문의 숨겨진 힘이었기에 평소에도 임무가 적었다.

은월 같은 경우는 무척 바쁜 것 같았지만 말이다. 유검은 자신의 생활에 만족했었다. 얼마 전까지는.

간혹 있는 임무만 해결하고 평소에는 수련에 열중할 수 있었으니까.

'그런데 요즘은 너무 바쁘군.'

천하를 떠돌지 않았던가.

뭐, 그래도 검선의 흔적을 쫓는 일이라 불만은 없었다.

더군다나 두 곳에서 각기 내려온 명령을 해결하려면 할 일도 어차피 하나다.

검선의 제자와 검을 섞어야 한다.

그것은 유검 그로서도 바라마지 않는 일이 아니던가.

'그러니까 어서 나와라.'

유검은 간절한 눈으로 경천회의 정문을 응시했다.

"문주님, 어찌 그런……."

우문기영은 기별도 없이 갑자기 찾아온 문주의 선언에 당황해서 어쩔 줄 몰라 하고 있었다.

"사조님, 사조님께서 절 걱정하는 마음은 잘 알고 있습니다만… 언제까지 문 내에 머물며 가만히 있을 수는 없습니다."

"하지만 갑자기 무림행이라니요."

"천선의 한 자락을 잡은 것 같습니다. 그 자락의 몸체를 보려면 아무래도 조사동을 가야 할 것 같고요."

북궁휘용은 담담한 얼굴로 말했다.

"흐음……."

천선의 한 자락이라는 말에 우문기영은 잠시 말을 흐렸다.

천선의 완성.

그것은 모든 천선문주의 의무이자 숙원 아니던가.

"그냥 문 내에서는 안 되는 일입니까?"

우문기영이 간곡한 어조로 물었다.

"조사동에 역대 조사님들의 심득이 남아 있음을 사조님께서도 알고 계실 겁니다. 제가 이번에 잡은 작은 자락을 제대로 움켜쥐려면 그 심득이 필요합니다."

북궁휘용은 단호하게 말했다.

이렇게까지 나오면 어쩔 수 없었다.

"알겠습니다. 조심히 다녀오십시오."

"제가 없는 동안 문을 잘 부탁드립니다."

북궁휘용은 미소를 띠며 말했다.

"네. 그 부분은 염려 마시고, 부디 대성을 이루시길 바랍니다."

우문기영.

그도 천선을 완성하는 데는 실패하지 않았던가.

사실 천선의 완성이라는 면에서는 그보단 사형인 헌우린과 사제인 백리평이 훨씬 가능성이 컸다.

그들이 모두 문을 떠나 돌아오지 않았기에 자신이 문주에 올랐었을 뿐이다.

"아, 수행은 어찌하시겠습니까?"

일단 북궁휘용이 조사동으로 떠나는 것으로 결정을 내리자, 해결해야 할 문제를 챙기기 시작했다.

"조사동으로 향하는 것이니만큼 은밀해야지요. 암투 호법과 패검 호법, 둘만 데려갈 생각입니다."

북궁휘용의 말에 걱정하는 얼굴을 하던 우문기영이 잠깐 생각에 잠기더니 고개를 끄덕였다.

"암투(暗鬪)와 패검(覇劍). 그 둘이라면 괜찮겠지요. 문 내에 서도 그들을 감당할 수 있는 이가 없으니까요."

비은팔호법 중 두 사람인 암투와 패검.

그 둘은 현 천선문 내에서 가장 강한 두 사람이었다.

그 사실을 아는 이는 문주와 우문기영, 그리고 비은팔호법들 뿐이었다.

'그리고 또한 완벽한 나의 수족이라오.'

북궁휘용은 우문기영을 담담히 바라보며 생각했다. 우문기영으로서는 그런 북궁휘용의 속내를 절대 읽을 수 없었다.

그렇게 결정을 내리자 일은 일사천리로 진행되었다.

북궁휘용이 서둘렀기 때문이다. 문주가 나서서 서두르니 당연히 빠르게 진행될 수밖에.

그렇게 천선문을 나선 세 사람은 조용히 산길을 걸었다.

천선문을 나서는 게 얼마만인지 모를 일이다.

같은 공기이건만 훨씬 신선하게 느껴졌다.

북궁휘용은 크게 심호흡을 했다.

"문주님, 이쪽은 조사동이 있는 곳과는 방향이 다릅니다만……."

반나절쯤 걸었을 때, 암투가 이상하다는 듯 입을 열었다.

"오랜만에 문을 나왔는데, 강호도 좀 둘러보면서 여유롭게 움직이는 게 좋지 않겠습니까. 빨리 이루겠다고 조바심을 내면 이룰 것도 못 이룸을 두 분 호법도 잘 아시지 않습니까."

북궁휘용의 말에 암투와 패검은 고개를 끄덕였다.

그들 정도의 경지에 이른 이들이라면 그 말의 의미를 절절히 알고 있기 때문이다.

'그리고 둘러보는 길에 찾아야 할 물건이나 영약들도 좀 있지요.'

북궁휘용은 빙그레 웃었다.

그의 뒤에서 걸음을 옮기고 있는 암투와 패검은 그런 그의 웃음을 보지 못했다.

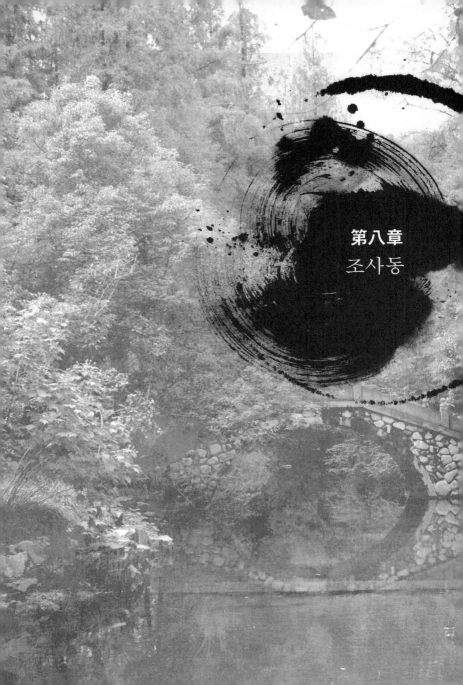

第八章
조사동

시간은 빠르게 흘렀다.

홍원의 가족이 경천회에 도착한 지도 어느새 열흘이 지났다.

홍산과 홍해는 처음에는 광평성의 번화함에 놀라 몸이 굳은 듯했다. 그럴 수밖에 없는 것이 태어나서 평생 봐온 곳이 조그마한 읍성 아니던가.

그러나 아이들의 적응력은 뛰어났다.

어느새 제 집처럼 광평성 곳곳을 누비고 다녔다.

모용혜와 경천회에서 놀다가, 광평성 저잣거리를 구경하다가, 정말이지 정신없이 시간을 보냈다.

홍원은 경천회 밖의 객잔을 잡으려 했지만, 모용백이 은공에게 절대 그럴 수 없다고 강력하게 주장하여 경천회에 거처를 마련하였다.

그렇게 화려하지도, 그렇다고 너무 초라하지도 않은 적당한 곳이었다.

홍원은 열흘간 어머니를 모시고 광평성 곳곳을 다녔다.

아이들은 모용연이 이곳저곳을 구경시켜 주었다. 홍산과 홍해보다 더 신난 것은 모용혜였다.

그녀도 두 아이와 마찬가지로 평생 처음 보는 것투성이였으니까.

아픈 몸 때문에 평생을 경천회의 전각 안에서만 생활하지 않았던가.

모용연은 그런 동생을 흐뭇하게 바라보았다. 모용연의 뒤에는 모용중호가 따라붙었다. 광평성에서 그럴 일은 없지만 혹시 모를 만약의 사태를 대비하기 위해서였다.

유검은 그런 이들을 멀찍이서 바라만 보았다.

홍원이 자신의 존재를 눈치챈 듯했다.

일정 거리 이상 가까워지면 대번에 사나운 기세가 자신만을 꼭 집어서 날아왔다.

그러니 더 가까이 갈 수도 없었다.

'뭐, 그래도 날 인식했다면… 언젠가 한 번은 마주치게 되겠지.'

가족들과 함께 있어 잔뜩 예민해진 그가 언제까지고 자신을 그냥 두지 않을 것이라는 생각이 들었다.

그래서 유검은 그냥 마음 편히 기다리기로 했다.

아마도 홍원이 자신을 찾아오리라.

그렇게 마음먹은 후부터 유검은 경천회 근처의 객잔에서 유유자적한 시간을 보냈다. 상대가 자신의 존재를 알고, 여전히 근처에 머문다는 것을 알면 곧 올 것이다.

지금까지 짧은 시간 관찰한 것만으로도 알 수 있었다.

가족을 끔찍이 아낀다는 것을 말이다.

유검의 예상은 정확히 들어맞았다.

홍원을 지켜보기 시작한 지 딱 보름째 되는 날 밤.

유검은 자다가 두 눈을 번쩍 떴다. 침대 앞에서 누군가가 자신을 바라보는 시선을 느꼈기 때문이다.

'설마, 이 정도일 줄은……'

돌아보지 않아도 누구인지 알 수 있었다.

홍원이다.

하지만 설마 이렇게 근접할 때까지 자신이 알아차리지 못할 것이라고는 상상도 하지 못했다.

"무슨 수작이지?"

홍원의 낮은 목소리가 유검의 귀에 들렸다. 유검은 침을 꿀꺽 삼키고는 침상에서 몸을 일으켰다.

"야밤에 이런 반응은 예의가 좀 없군."

유검의 말에 홍원은 코웃음을 쳤다. 그런 반응에 유검은 쓴웃음을 지을 수밖에 없었다.

홍원은 팔짱을 낀 채 가만히 유검을 바라보고 있었다. 유검은 그런 홍원을 의식하며 천천히 옷을 입었다. 당장 자신을 공격할 낌새가 없었기 때문이다.

옷을 다 입고 검을 잡은 유검은 홍원을 마주 바라보았다.

"대화를 나누기에는 이곳은 좀 그런 것 같은데……."

유검의 말에 홍원은 고개를 끄덕였다. 그리고 몸을 돌려 창으로 훌쩍 몸을 날렸다.

언제 열렸던 것일까?

그러고 보니 창으로 들어온 서늘한 바람에 잠에서 깬 것도 같았다.

유검은 홍원의 뒤를 따라 몸을 날렸다.

아무리 경천회가 자리한 광평성이라지만, 성 밖으로 향하는 두 사람을 알아차리는 이는 없었다.

내부로의 침투를 막기 위한 경계는 철두철미했지만, 그 반대는 손색이 있었다.

두 사람은 빠르게 움직여 광평성의 성벽을 넘었다. 그러고도 한참을 달렸다.

얼마나 달렸을까. 아무도 없는 너른 황야에 홍원이 멈춰 섰다. 유검도 홍원에게서 어느 정도 떨어진 곳에 멈췄다.

"자, 그럼 무슨 수작인지 말을 해보실까?"

홍원의 목소리는 날카롭기 그지없었다.

그럴 수밖에 없었다.

경천회로 들어갈 때 그의 시선을 느낀 이래로 줄곧 홍원의 신경을 건드렸으니까.

가족들이 경천회와 광평성에 적응할 때까지는 자신이 곁에서 돌봐야 했기에 거슬리는데도 불구하고 가만히 뒀었다. 하지만 이제는 어느 정도 다들 새로운 환경에 적응한 것 같아서 이렇게 움직인 것이다.

모두가 잠든 틈을 타서 말이다.

"이거, 처음 만나는 사제인데 너무 살벌하군."

이곳으로 오면서 어느 정도 마음을 추스른 덕분인지, 유검은 유들유들한 얼굴로 입을 열었다.

"사제?"

홍원의 눈이 날카로워졌다.

홍원에게 사형은 없었다. 사부에게 제자라고는 자신 하나였으니까. 하지만 사문으로 들어가게 되면 이야기가 달라진다.

사부의 사형이나 사제가 둔 제자들도 자신과는 사형제 관계가 되니 말이다.

그 말은 그가 천선문에서 나왔다는 말이다.

"천선문인가?"

홍원의 몸에서 서서히 살기가 폭사되기 시작했다.

"워워. 진정하라고, 사제. 백리 사숙의 유일한 제자가 그렇게 살기부터 뿌리면 안 되지. 사숙은 그런 분이 아니셨는데."

눈앞의 사내는 사부와 안면이 있는 듯했다. 그 말에 홍원은 살기를 살짝 누그러뜨렸다.

"휘유, 엄청나군."

유검은 얼굴에 맺힌 땀방울을 닦아내며 중얼거렸다.

"그래서 무슨 수작인 거지?"

홍원이 다시 물었다.

"흠, 자네도 알다시피 백리 사숙은 본 문의 제자야, 아주 오랫동안 소식이 끊긴. 그런데 갑자기 백리 사숙의 제자라는 자가 나타났으니 어떤 인물인지 궁금할 수밖에. 그래서 이렇게 찾아온 거지. 경천회의 경계가 너무 엄중해서 가까이 가지도 못하고 말이야."

유검은 스스로의 성격이 이랬던가라는 생각을 하면서 말을 이었다.

자신이 이렇게 유들유들하게 말을 하는 성격은 아니었다.

'온몸이 저릿저릿하군. 이런 압도적인 기세라니… 이건 검을 부딪쳐 볼 것도 없는데?'

아무래도 홍원이 뿜어내는 저 기세가 자신의 성격을 이렇게 만드는 것인지도 모른다는 생각이 들었다.

홍원은 여전히 대답 없이 유검을 쏘아보고 있었다.

"아무래도 본 문과 무슨 악연이라도 있었던 건가?"

그런 홍원의 반응에 유검이 고개를 갸웃거리며 물었다. 유검으로서는 주어진 임무만 수행하다 보니 다른 것에 대한 정보는 없었다.

더군다나 은월과 홍원의 일은 그 누구도 모르지 않던가.

"알 거 없다."

홍원이 짧게 답했다. 그리고 여전히 유검을 지그시 바라보았다.

고민 중이었다. 이자를 어찌 처리해야 할지를 말이다.

"위쪽에서는 사제의 무위를 파악해 보라고 했는데, 지금 보니 그럴 필요는 없을 것 같군. 내가 감히 재단할 수 없을 정도로 강해서 말이야."

유검이 피식 웃으며 말했다. 그는 느낄 수 있었다. 언제든 홍원이 마음만 먹으면 자신은 죽은 목숨이라는 것을 말이다. 그리고 왜인지 모르지만 눈앞의 사제는 사문에 대한 악감정이 있는 듯했다.

여러모로 위기였다.

'문주, 그리고 노야, 너무하시는군요. 죽으라고 보낸 것도 아니고 말입니다.'

유검은 괜히 자신에게 명령을 내린 두 사람에게 원망이라도 하고 싶었다.

"나는 유검이라 하네. 백리 사숙의 검에 반해서 이름을 그리 지었지. 그리고 검법 역시. 사문에서 사숙을 제외하고는 아무도 가지 않는 길을 뒤따랐어. 사제까지 하면 이제 세 사람이 익힌 검법이겠군. 무유팔절검해."

유검은 그리 말하며 검을 들었다.

그 자세는 무유팔절검해의 첫 초식인 일절간해(一絶艮解)의 기수식이었다.

그 모습에 홍원의 눈에 이채가 어렸다.

훌륭한 자세였다.

그 모습만 보더라도 눈앞의 상대가 얼마나 오랫동안 전력을 다해서 무유팔절검해를 수련해 왔는지 알 수 있었다.

'숙련도만 놓고 보면 나보다 위일지도.'

그런 생각이 들었다.

홍원도 검을 마주 들었다. 역시나 일절간해의 기수식을 취했다.

유검의 눈이 떨렸다.

'나와는 다르다. 담고 있는 깊이가 달라.'

무수한 세월을 수련한 검이었기에 단번에 알아보았다. 홍원은 자신보다 지극한 경지에 들어 있었다.

두 사람이 동시에 움직였다.

똑같은 움직임을 보이는 두 사람의 검.

완벽한 대칭의 움직임을 보여주며 서로를 향해 날아갔다.

챙, 채챙!

검과 검이 부딪히는 소리가 맑게 울렸다.

일절에서 시작한 무유팔절검해는 이절과 삼절, 사절까지 물 흐르듯 펼쳐졌다.

그 이후의 초식들도 자연스레 이어지며 어울렸다.

그렇게 이어지던 무유팔절검해는 팔절건해를 마지막으로 각기 처음과는 반대 방향에서 멈췄다.

두 사람은 서로를 바라보고 있었다.

홍원의 눈이 많이 부드러워져 있었다.

"제법이군."

홍원이 말했다.

"대단하군."

유검이 받았다.

"너무 정직해서 마치 굉장히 잘 쓰인 교본을 보는 느낌이었어."

홍원이 담담히 소감을 말했다.

"비급 말고는 아무것도 없었으니까."

유검이 쓴웃음을 지으며 답했다.

그랬다. 스승 없이 홀로 익혔기에 오랜 세월 벽을 넘지 못하고 있었다.

그만의 검을 찾아서 궁구했다면 넘을 수도 있는 벽이었지만, 그는 무유검선을 목표로 했기에 넘지 못하고 있었다.

볼 수도, 겪을 수도, 느낄 수도 없는 목표였기에, 망망대해에 홀로 표류하는 것과 같았다.

그리고 오늘 망망대해에서 나침반을 만났다.

단 한 번의 어울림이었지만 유검은 자신을 덮쳐오는 무수한 상념에 몸을 흠칫 떨었다.

홍원은 그런 유검을 물끄러미 바라보다가 몸을 돌렸다.

이자는 천선문과는 다를 것 같았다. 그런 생각이 들었기 때문이다.

'뭐, 그들과 같다면 그때 얼마든지 처리할 수 있으니.'

같은 검법을 깊은 경지에 이르도록 익힌 사람들 간의 동질감 때문일까.

일단 유검에 대한 것은 보류하기로 했다.

홍원이 그 자리에서 떠나자 유검은 바로 가부좌를 틀고 앉았다.

너른 황야의 한가운데다. 무척이나 위험한 행동이라는 것을 알고 있지만, 유검은 자신을 덮쳐오는 수많은 깨달음의 단초를 단 하나도 놓치기 싫었다.

"대단하십니다."

암투가 놀란 얼굴로 말했다.

벌써 세 번째 영약이다. 어떻게 북궁휘용이 들어가 보자고 하는 산에서 영약이 하나씩 나온단 말인가.

조사동이 있는 태황산으로 곧장 가지 않고 다른 곳을 주유하는 이유가 있었다.

마치 어느 곳에 영약이 있는지 모두 알고 있는 것 같지 않은가.

천선문을 떠난 지 이제 달포가 지났다.

그사이 북궁휘용의 내공은 비약적으로 상승했다.

암투와 패검의 도움 아래 그가 발견한 영약들을 모두 흡수했기 때문이다.

'이게 마지막이군. 다른 것은 너무 멀리 있거나 아직 몇 년 남았어.'

북궁휘용은 손에 들린 천년산삼을 내려다보며 아쉬운 눈을 했다.

마음 같아서는 더 많은 영약을 구하고 싶었지만 여의치 않았다.

아무리 생각해도 이상했다.

태황산에 영약이 씨가 마르다니.

과거의 지식을 이용해 태황산 주변의 산들을 돌면서 영약을 선점했다. 누가 어디서 영약을 발견했다는 정보는 늘 천선문에 들어왔으니, 그 기억을 활용한 것이다.

하지만 과거의 기억에도 태황산에서 영약이 발견되었다는 보고는 없었다.

지금으로부터 십 년 전이 마지막이었다.

산세를 보면 제법 많은 영약이 있어야 했다. 그런데 없었다. 신기한 노릇이다.

그래서 애초에 태황산을 포기하고 주변 산을 노린 것이다.

확실한 것이 가장 좋았으니.

'북면을 드나들 수 있으면 좋으련만……'

북궁휘용이 서쪽 하늘을 바라보며 생각했다. 그랬다면 이렇게 기억에 의존해 영약을 찾아 헤매지 않아도 될 터였다.

태황산의 영약이 아쉽지도 않았을 것이고.

하지만 돌아온 때는 그가 이미 죽은 이후다.

대법이 끝나고 정신을 차려 상황을 인식했을 때, 가장 안타까운 점이 그것이었다.

워낙에 다급한 때에, 그 괴물에게 쫓기며 정신없이 우문기영이 펼친 대법이기에 어쩔 수 없다고 몇 번이나 마음을 다독였지만, 아쉬운 것은 아쉬운 것이다.

북궁휘용은 하루가 걸려 천년산삼의 기운도 모두 갈무리했다.

온몸에 넘쳐나는 내공으로 인해 몸이 터질 것만 같은 감각이 느껴졌다.

"흠, 제 경지로는 이 정도가 한계인 듯하군요."

북궁휘용이 아쉽다는 듯 말했다.

"무려 오 갑자의 내공입니다. 내공만으로는 아마도 문주께서 천하제일이 아닐까 싶습니다."

패검이 말했다. 하지만 북궁휘용은 고개를 저었다.

"천하는 넓고 기인이사는 많습니다."

맞는 말이나, 암투와 패검은 동의하지 못하겠다는 표정이었다.

북궁휘용이 그런 두 사람의 모습에 빙긋 웃으며 말했다.

"이제 조사동으로 가야겠습니다."

주변에 더 이상 영약도 없었지만 있다 하더라도 먹을 수도 없었다.

이제 스스로의 그릇을 더 키울 때다.

세 사람은 조사동이 있는 태황산으로 길을 잡았다.

북궁휘용이 조사동에 도착한 것은 그로부터 사흘 후의 일이다. 길이 험하기도 했지만 그것은 세 사람에게 문제가 되지 않았다.

오히려 요소요소에 설치된 진법과 어렵게 꼬여 있는 길을 찾느라 지체가 된 것이다.

태황산은 중원의 한가운데에 있는 산이다. 그 영험함 때문에 산을 찾는 사람이 많아서 가장 깊은 곳, 은밀한 위치에 조사동을 만들어두었다.

북궁휘용이 이십오 대 문주였으니, 팔백 년 정도 전에 만들어진 곳이었다.

조사동의 입구에서 암투와 패검은 멈췄다.

오직 당대 문주와 다음 대의 문주로 결정된 소문주만이 들어갈 수 있었다.

입구의 기관진식을 열고 들어가는 방법은 오직 문주에게서 문주에게로 구전으로만 전해졌다.

북궁휘용은 문주가 된 후 조사동을 찾는 것은 처음이었다. 기억 속에 자신의 사부가 조사동의 입구를 열었던 방법을 끄집어냈다.

구구구궁!

요란한 소리를 내며 석문이 옆으로 밀려났다.

어두컴컴한 동굴이 그 깊이를 가늠할 수 없게 입을 벌리고 있었다. 북궁휘용이 그 속으로 사라지자 곧 문은 닫혔다.

모르는 사람이 봤으면 석문이라고는 알아볼 수 없는 바위만이 있을 뿐이다.

암투와 패검은 북궁휘용이 사라진 후 그곳에 자리를 깔고 앉았다. 이곳에서 얼마나 있을지 알 수 없는 노릇이다.

조사동은 깊은 곳에 위치했으나 그 구성은 단출했다. 너른 공동이 있었고, 그곳에서 다시 작은 통로를 통해 마련된 석굴에 조사들의 위패가 모셔져 있었다.

너른 공동은 역대 문주들의 수련장 역할을 했기에, 벽 군데 군데에 수련의 흔적이 남아 있었다.

위패가 모셔진 석굴은 위패 아래에 마련된 자리에 조사들의 유품이 놓여 있었다.

일 대 조사부터 쭉 이어져 오던 위패는 이십삼 대에서 끊겼
다.

이십삼 대의 자리는 우문기영의 것이었다. 여전히 태상호법
으로 문에서 왕성히 활동을 하니 그의 위패가 있을 리 없다.
그저 자리만 마련되어 있었다.

이십사 대 문주의 위패.

그것은 북궁휘용의 사부의 것이었다.

"당숙……."

사부라는 말보다 먼저 튀어나온 말.

북궁휘용의 사부는 그의 당숙이기도 했다. 역시나 북궁 황
실의 인물이었다.

천선문의 문주는 대대로 네 개의 가문에서 돌아가면서 배출
되었다. 그중 가장 많이 문주를 맡은 가문은 북궁씨였다.

당금 황가였으니 당연하다면 당연한 일이다.

그 외에 우문씨와 헌씨 그리고 문인씨였다. 모두 당금 황가
의 개국공신 가문들이었다.

단 한 번 예외가 있었으니 십칠 대 문주 백리도천이었다. 그
가 문주가 된 이후 은연중 소문주의 시험이 변질되었다.

네 개 가문 중 한 곳에서 문주가 나오게끔 조작이 되기 시
작한 것이다.

백리도천의 네 제자가 모두 사대 가문의 사람이었기에 가능
한 일이었다.

십팔 대 문주가 사대 가문의 제자에게 유리하게 시험을 시

작한 이후로 점점 더 그렇게 변질되었으니.

정확히는 십팔 대 문주 이후로 우문기영을 제외하고는 모두 북궁씨가 문주를 맡았다.

천선문이 황실의 수호문에서 황실의 하수인으로 점차 변해 간 이유도 거기에 일부 있었다.

북궁휘용은 천천히 위패를 하나하나 바라보며 허리를 숙였다.

천선문의 문주로서 역대 조사들에게 먼저 인사를 드리는 것은 당연한 일이다.

그렇게 한 대, 한 대 거쳐 올라갔다.

사 대 조사 북궁패명의 위패 앞에 섰을 때.

오른손 중지에서 따뜻한 기운이 피어오르는 것을 느꼈다.

"응?"

북궁휘용이 오른손을 들어 자신의 손가락을 보았다.

문주의 신물로 전해 받은 옥반지가 붉게 빛나고 있었다.

"이게 무슨……."

이런 이야기는 전해 듣지 몰랐기에 깜짝 놀랐다. 왜 하필 지금 이 반지가 이러는 것일까.

그때.

북궁휘용은 자신의 앞에서 다시 따뜻한 기운을 느꼈다. 그의 시선이 기운이 피어오르는 곳으로 향했다.

북궁패명의 위패 아래, 그의 유품으로 놓여 있는 작은 옥돌이 붉게 빛나고 있었다.

그 옥돌 가운데는 홈이 파여 있었다. 동그랗게 파인 것이 꼭

반지를 그곳에 올려놓으라는 것만 같았다.

북궁휘용은 무엇인가에 홀린 듯 반지를 빼서 그곳에 올려놓았다.

붉은빛이 점차 강해졌다. 그러더니 한쪽으로 길게 이어졌다. 그 빛은 석굴의 입구를 나가 공동의 한 벽면에 닿았다. 북궁휘용은 그곳으로 걸음을 옮겼다.

그곳에도 역시 둥근 홈이 파여 있었다.

"이곳에도?"

이제는 그 홈이 어떤 의미인지 알 수 있었다.

북궁휘용은 다시 석굴로 돌아와 자신의 반지를 집어 들었다. 그랬음에도 여전히 붉은빛은 벽의 한 부분을 가리키고 있었다.

북궁휘용은 그곳으로 와 반지를 홈에 맞춰 놓았다.

쿠구구구궁.

요란한 소리가 울리며 한쪽의 벽이 열렸다.

"이럴 수가……."

사부에게도 사조에게도 듣지 못한 것이다. 조사동에 이런 안배가 있을 것이라고는 상상도 하지 못했다.

그저 역대 조사들의 심득이 있지 않을까 하는 기대로 방문했다. 진실한 목적은 영약이었다. 조사동의 방문을 핑계로 얻을 수 있는 영약을 얻으려 한 것이다.

조사동은 그저 문을 떠나 외유를 할 명분이었다.

그리고 혹시나 하는 마음은 작은 기대였을 뿐이다.

문이 완전히 열리자 반지가 떨어졌다. 떨어지는 반지를 받아

내며 보니 그 자리의 홈이 사라졌다.

문이 열리면 사라지게끔 되어 있는 듯했다.

"왜 나에게 이런 일이 생긴 거지?"

북궁휘용은 고개를 갸웃거리며 중얼거렸다. 지금까지 수많은 문주들이 이곳을 방문했을 테지만 그들에게는 이런 일이 없었을 것이다.

그것이 자신이 전해 들은 게 없는 연유가 분명했다.

의문과 함께 북궁휘용은 새로이 열린 문 안으로 들어갔다.

몇몇 야명주가 은은히 빛을 발하는 제법 넓은 공간이었다.

한쪽 벽 앞에 작은 단이 있었고, 그 위에 수정 구슬이 하나 있는 것 말고는 아무런 특별한 것도 없는 공간이었다.

"이곳은 대체 뭐지?"

북궁휘용이 중얼거리는 순간, 반지가 다시 붉게 빛났다. 지금까지와 다른 점은 붉게 빛나며 허공에 붉은 기운이 뭉치기 시작한 것이다.

그것은 반지에서 흘러나오는 기운이었다.

대부분의 기운이 흘러나오자 반지는 붉은빛이 은은하게 비칠 뿐이다.

허공에 뭉친 기운은 서서히 움직이더니 수정 구슬로 빨려 들어갔다.

북궁휘용은 두 눈을 크게 뜬 채 그저 그 모습을 바라보고 있을 뿐이었다.

그로서는 정신을 차릴 수 없는 것이 당연했다.

붉은 기운을 모두 흡수한 수정 구슬은 당연하게도 붉게 물들었다.

서서히 빛이 나는가 싶더니 이윽고 눈을 뜰 수 없을 정도로 밝아졌다.

그 순간 북궁휘용은 두 눈을 감을 수밖에 없었다. 겨우 시력을 회복하고 두 눈을 떴을 때.

"헉!!!"

북궁휘용은 비명을 토하고 말았다.

눈앞에 펼쳐진 광경 때문이다. 북궁휘용은 자신이 제정신이 맞는 것인지 의심이 들었다.

고고한 얼굴과 무심한 표정으로 허공에 떠서 두리번거리는 반투명한 사람.

아니, 사람이 맞을까?

"유… 유령?!"

북궁휘용은 절대 믿지 않은 존재를 입으로 중얼거릴 수밖에 없었다.

그 인물과 북궁휘용의 두 눈이 마주쳤다.

그의 입술이 움직였다.

[아이야. 네가 나를 깨운 것이냐?]

머릿속에 웅웅 울리는 목소리.

"다, 당신은 누, 누구시오?"

북궁휘용이 떨리는 목소리를 다잡으며 겨우 물었다.

[북궁패명, 그것이 나의 이름이니니.]

돌아온 대답에 북궁휘용은 다시 한 번 경악했다. 그것은 분명 천선문 사 대 문주의 이름이었으니까.

"조, 조사님이시란 말입니까?!"

북궁패명은 아무 대답 없이 지그시 북궁휘용의 손가락을 내려다보았다. 정확히는 옥반지였다.

[안배를 하면서도 절대 일어나지 않기를 기원했건만… 안배가 발동이 되었음이니. 안타깝고도 안타까운지고.]

북궁휘용은 멍하니 그 말을 듣고 있었다.

안배라고 했기에.

자신의 선대 문주들은 모르는 무엇인가가 있었던 것이 분명했다.

[본 문이 어찌 된 것인지? 역천의 술이 발동하다니.]

북궁패명의 물음에 북궁휘용은 깜짝 놀랐다.

오늘 조사동에 들어와서 그가 하는 일이라고는 놀라는 것밖에는 없는 것 같았다.

"어찌 그걸 아십니까?"

북궁휘용은 이제 저 반투명한 인물을 북궁패명이라 완전히 인정했다.

조사라 생각하니 유령이고 귀신이고 그런 생각은 전혀 들지 않았다.

[역천의 술을 완성하고 그 진법을 황궁에 심어 이 안배를 한 것이 나일지니. 당연한 일이다, 아이야.]

"정녕 조사님이십니까?"

믿고 있으나 다시 물었다.

[정확히는 사념이라 해야 할지니. 죽기 전 영혼의 일부를 저 수정구에 봉인했으니, 역천의 기운을 흡수하면 깨어나리라.]

북궁휘용은 이제야 이 상황을 조금 이해할 수 있었다.

[너의 그 반지는 역천의 술로부터 소유자를 지키는 신물이니. 역천의 세상 속에 모든 것을 기억하리라.]

그 말에 북궁휘용은 이제야 알 수 있었다.

우문기영이 역천의 술법을 발동했음에도 자신이 모든 것을 기억하고 있는 이유를 말이다.

문주의 신물이었기에 항시 지니고 있었는데, 그 덕에 역천의 술법 속에서 온전한 자신을 유지할 수 있었다.

[다만 북궁의 피를 잇지 않으면 그 효용은 없음이로다.]

그 말에 북궁휘용은 문주의 위에 오를 때 피의 각인이라며 자신의 피 한 방울을 반지에 먹였던 사실을 떠올렸다.

오직 북궁씨만을 위한 안배였다.

[역천의 술은 천선의 멸문지화에서만 발동되니, 하늘을 뒤집어 비극을 바로 잡으라. 그러기 위해서는 오직 북궁만이 모든 것을 기억해야 하노다.]

북궁휘용은 북궁패명의 말에서 많은 것을 유추할 수 있었다.

결국 이 모든 것은 북궁패명이 천선문의 멸문을 걱정하여 만든 안배였다.

그것도 오직 북궁씨만을 위한 안배.

아마도 이 반지가 문주의 신물이 된 것도 북궁패명 이후의 문주들 때부터일 것이다.

그리고 역천의 술법이 발동될 때, 소유자를 지키는 한편 술법의 기운을 흡수하는 능력을 지녔다.

그리고 조사동을 찾으면 이곳으로 이끌게끔 모든 안배를 한 것이다.

북궁휘용은 그 안배에 혀를 내둘렀다.

자신이 조사동을 찾는 것이 늦었지만, 역천의 술법이 펼쳐졌다면 조사동을 찾도록 했다.

사실 역천의 술법을 펼친 태상호법이 그 사실을 문주에게 알리게끔 되어 있었다. 무슨 일인지 우문기영은 북궁휘용에게 조사동에 대해서 아무 말도 하지 않았다.

그런 그의 행동에 북궁휘용은 그에게 자신이 모든 것을 알고 있다는 사실을 숨기려 했기에 이제야 조사동을 찾은 것이다.

'사조는 내가 역천의 술법이 펼쳐진 것을 모른다고 믿으니 순천의 술법을 이야기하는 것이지.'

순천의 술법.

그 또한 역천의 술법의 진을 이용하는 한 술법이다.

거창한 이름이 붙었지만 그리 대단한 것은 아니다. 그저 미래를 점치는 술법일 뿐이다.

그래서 천선문에서는 태상호법이 정기적으로 순천의 술법을 행했다.

사실은 다른 효용이 하나 더 있었지만, 북궁휘용은 그 사실을 몰랐다. 그것은 역천의 술법 진을 발동하는 법을 알고 있는 태상호법 우문기영에게만 전해진 것이었기 때문이다.

순천의 술법은 기억점이었다.

역천의 술법이 펼쳐졌을 때 돌아갈 기억점.

우문기영은 북궁휘용이 역천의 술법의 존재만을 알지, 그것이 발동되었음을 모른다고 믿었다. 자신만이 모든 것을 알고 있다고 믿었기에 내린 결정이다. 기억하지 못하는 사람에게 말해봐야, 허무맹랑한 헛소리로만 들릴 테니 말이다.

문주 신물의 효능에 대해 아는 이가 없었으니 당연한 생각이다. 북궁휘용조차도 방금 옥반지의 신묘한 효능을 알게 되지 않았는가.

[천선을 멸문에서 구할 안배를 얻기 위해서는 오랜 세월이 걸리니. 아이야, 준비를 할지니.]

북궁휘용은 북궁패명의 목소리가 머리에 울리자 번득 정신을 차렸다.

멸문에서 구할 안배라 했다.

반드시 취해야 했다.

'오랜 세월이라⋯⋯.'

그 말이 걸렸다. 잠시 수련을 위해 이곳에 왔다.

그런데 오랜 세월이라 했다. 시간이 아닌 세월.

예상치 못할 정도로 긴 시간이 걸릴 수도 있다는 말이었다.

'일단 언질을 줘야겠군.'

북궁휘용은 서둘러 다시 조사동의 입구로 향했다. 북궁휘용이 안배의 석실을 빠져나가는데도 북궁패명은 그저 공중에서 오롯이 있을 뿐이다.

구구구궁.

요란한 소리를 내며 석문이 열렸다.

"벌써 끝나신 겁니까?"

들어간 지 시간이 얼마 흐르지 않았는데 북궁휘용이 돌아오
자 놀란 패검이 물었다.

"무척이나 심오한 심득을 발견했습니다. 아무래도 수련에 시간
이 굉장히 오래 걸릴 듯합니다. 문에 소식을 좀 전해주십시오."

북궁휘용은 그 말을 전하고 다시금 조사동 안으로 들어갔
다. 석문은 요란한 소리를 내며 닫혔다.

암투과 패검은 어안이 벙벙한 얼굴로 서로를 바라보았다. 방
금 무슨 일이 있었는지 알 수 없다는 얼굴이다.

그러나 곧 정신을 차렸다.

두 사람은 바쁘게 움직였다. 아무래도 오랜 시간 이곳에 머
물러야 할 듯하니, 암투는 거처를 만들기 위해 움직였고, 패검
은 천선문에 소식을 전하기 위해 움직였다.

북궁휘용은 금세 석실로 다시 돌아왔다. 북궁패명은 여전히
허공에 떠 있었다.

[아이야, 준비가 되었는고.]

북궁패명의 물음에 북궁휘용은 고개를 끄덕이며 답했다.

"네."

그의 대답이 떨어지는 순간 석실의 문이 서서히 닫혔다. 이
제 밖으로 나가는 길이 막힌 것이다. 그와 동시에 다른 곳의 석

문이 열렸다.

그곳은 막다른 작은 공간이었다.

작은 샘물과 벽곡단이 잔뜩 있었다.

그리고 또 다른 석문이 열린 곳에는 아무것도 없었다. 단지 그 앞으로 깊이를 알 수 없는 깊은 공간이 있을 뿐이다. 작은 공간이었기에 북궁휘용이 떨어지거나 할 곳은 아니었다.

그 용도는 쉬이 짐작할 수 있었다.

그야말로 모든 안배를 해놓은 것이다.

[그럼 부디 나의 모든 진전을 대성하리라.]

그 말과 함께 북궁패명은 붉은 기운으로 화했다. 그 모습에 깜짝 놀란 북궁휘용의 백회혈로 그 붉은 기운이 파고들었다.

"커헉!"

순간 머리를 관통하는 듯한 통증이 몰려왔기에 북궁휘용은 자신도 모르게 소리를 질렀다.

붉은 기운은 모두 북궁휘용의 백회혈로 흡수되었다.

그리고 곧장 온갖 상념이 머릿속에 휘몰아쳤다.

거대한 폭풍이고 태풍이었다. 그야말로 무학의 끝을 보여주는 격랑에 북궁휘용은 정신을 차릴 수가 없었다.

북궁패명.

천선문 유일의 천선의 완성자.

천선을 익힌 문주는 많았으나 그 끝을 보고 대성했다는 말을 남긴 이는 북궁패명이 유일했다.

누구도 그 경지에 이르지 못했기에 그의 말이 사실인지 아닌지 확인할 길은 없었다.

그런 북궁패명의 안배가 북궁휘용에게 이어졌다.

정신을 차릴 수 없는 격랑 속에서 북궁휘용은 슬며시 미소를 지었다.

북궁패명의 전설을 떠올린 것이다.

이제는 그의 안배를 이어받아 자신의 그릇을 키울 때다.

시간이 얼마가 걸리든 상관없었다.

이 안배를 온전히 자신의 것으로 만든다면, 그날 찾아올 괴물도 능히 막을 수 있으리라.

북궁휘용은 그 괴물이 천선을 사용했다는 것을 몰랐다. 그 사실은 우문기영의 과거 회상 속에 알아차린 것이다.

서로 간의 정보에 단절.

그것이 어떤 결과를 불러올지는 모를 일이다.

작열하는 태양이 지평선 너머로 사라지고, 시린 달빛이 대지를 비추니 대지를 태우던 열기도 사라졌다.

대신 그 자리를 차지한 것은 뼛속을 얼릴 차디찬 냉기였다.

사막의 밤은 낮과는 정반대였다.

초열지옥이 극냉의 대지로 바뀌는 것은 순식간이었다.

그곳에 오롯이 서서 노인은 하늘을 살폈다.

무수히 빛나는 별빛 속에서 노인은 자신이 갈 길을 찾아보고 있었다.

"허어……."

무엇을 본 것일까. 노인은 깊은 탄식을 쏟아냈다.

"천추성(天樞星)이 붉게 빛나다니……."

노인은 이해할 수 없다는 얼굴이었다. 천추성은 자미원 중심의 별로 천제의 별이다.

그리고 황제의 별로 그 빛은 청명하게 푸르다.

한데 요사스레 붉게 빛나고 있었다.

순리를 거스르는 빛이다. 이런 일이 일어날 리가 없었다.

하지만 노인은 그 모습을 똑똑히 보고 있었다.

"대체 무슨 일이 일어난 것인가. 천추성이 피처럼 붉다니. 이는 역천의 흉괘나 다름없는 일이거늘."

노인의 얼굴은 한없이 어두워졌다.

"폐하, 무슨 일이십니까?"

그때 노인을 찾은 중년인이 걱정스러운 얼굴로 물었다.

밤이면 이 모래 산에서 천시를 살피는 것이 노인의 일과임을 알고 찾아왔건만, 그의 어두운 얼굴에 놀랐다.

"천기가 무척 혼란하다."

"천 년의 설움을 떨치고 중원으로 가야 할 때가 다가오고 있다 하시지 않으셨습니까?"

노인의 말에 중년인이 이해할 수 없다는 얼굴로 물었다.

"얼마 전까지는 그랬다. 한데 작년부터 천기가 묘하게 움직이더니… 이제는 역천의 흉괘도 보이는구나. 분명 어제만 해도 없었거늘."

"역천의 흉괘……."

중년인이 어두운 얼굴로 읊조렸다.

"그래. 하필이면 그것이 천추성에서 나타났다. 천추성은 천제요, 황제를 뜻하는 별. 북궁 황실의 녀석들이 무언가 일을 꾸미는 것이겠지."

"설마 우리의 대업을 눈치챈 것일까요?"

중년인의 물음에 노인은 고개를 저었다.

"천선문의 움직임은 다른 곳에 집중하고 있다. 그들은 마황성이 우리의 수족인 줄도 모르고 이용하려 했어."

"그러면 대체……."

"알 수 없으니 답답하구나. 하지만 불길한 것만은 사실이야."

다시금 하늘을 올려다본 노인은 이윽고 결심을 한 듯 중년인을 바라보았다.

"암천의 정수를 넘겨야겠다."

"네?!"

노인의 말에 중년인은 깜짝 놀랐다.

"암천은……."

중년인은 채 말을 잇지 못했다.

"천 년의 세월 전에 북궁씨에게 내쫓겼을 때, 그들의 천선에 맞서기 위해 만든 우리의 힘이지. 무려 천 년을 대대로 내려져 왔다. 나는 이제 노쇠하여 암천의 힘을 다룰 수 없음이니 다음을 준비해야지."

노인의 말에 중년인은 세차게 고개를 저었다.

"너무 이릅니다!"

"하늘이 심상치가 않아. 북궁의 악적들이 무슨 일을 벌이는지 알 수가 없다. 지체하다가는 천추의 한을 남길지도 몰라."

노인은 강경했다.

그의 활활 타오르는 눈을 직시하니 중년인은 더 이상 노인을 말릴 수 없음을 깨달았다.

"후우. 알겠습니다, 아버님."

짧은 한숨과 함께 중년인 선우강후는 고개를 숙였다.

천 년 전 북궁씨에게 쫓겨난 잊힌 황제의 후손들.

선우.

그들이 북방의 척박한 사막에서 천 년 동안 힘을 모으고 있었다.

언제고 다시 중원으로 돌아가기 위해서.

당금 선우 황실의 황제라 칭해지는 노인, 선우예극은 다시 하늘로 시선을 돌렸다.

천추성의 붉은빛은 더욱더 불길하게 빛나고 있었다.

걱정 어린 눈길로 천추성만을 바라보았기에, 선우예극은 보지 못한 것이 있었다.

다른 한쪽에서 천랑성이 은은한 푸른빛을 흩뿌리고 있었다.

그런 선우예극을 뒤로하고 선우강후는 걸음을 움직였다. 중원으로 나가 있는 자신의 아들을 불러야 했다.

그가 당대 암천의 계승자였으니.

홍원이 눈을 찌푸렸다.

다시 그의 기감에 걸리는 인물 때문이었다.

'대체……'

오늘도 가족들과 광평성 주변의 명승지를 둘러보고 온 길이다. 가족들 모두 무척이나 즐거운 시간을 보낸 참이었다.

그런데 돌아오자마자 반갑지 않은 인물이 걸렸다.

홍원은 늦은 밤에 다시금 경천회 밖으로 나섰다.

유검이 기다리고 있었다.

"무슨 일이지?"

"감사의 인사를 하려고."

퉁명스러운 홍원의 물음에도 유검은 웃으며 답했다.

"덕분에 벽을 넘었다."

유검의 분위기가 달라져 있었다. 홍원은 고개를 끄덕였다. 그러고 보니 기도가 달라져 있었다.

"축하할 일이로군."

"그래서 말인데, 지금의 내가 어느 정도인지를 확인하고 싶어서."

민폐다.

기껏 새로운 길을 열어줬더니 다시 검을 섞자고 찾아오다니.

그런데 흥미가 동했다.

분명 민폐이건만, 홍원은 슬며시 웃음을 지었다.

그리고 몸을 날렸다.

일전에 두 사람이 부딪혔던 그 황야.

그곳에 다시 두 사람이 도착했다.

그리고 동시에 서로를 향해 검을 휘둘렀다. 다시 무유팔절검해와 무유팔절검해가 어우러졌다.

분명 유검의 검은 달라져 있었다.

이전과는 차원이 달랐다.

그러나 아직 홍원의 상대는 아니었다.

그럼에도 홍원은 정성을 다해 검을 펼쳤다.

검을 섞으면서 유검만 단초를 얻는 것이 아니었다. 너무나도 정직한 검법을 보며 홍원은 자신의 검을 돌아보게 되었다.

천선과는 다른 무유팔절검해.

홍원은 오직 자신을 압도하는 사부의 검만을 겪어보았다.

자신이 내려다보는 무유팔절검해는 처음이었다.

새로운 경험이고, 신선한 경험이었다.

그것은 또 다른 단초를 홍원에게 주었다.

덕분에 홍원도 자신의 검을 다른 측면에서 생각할 수 있었다.

유검과의 어울림은 홍원에게도 크나큰 수련이었다.

두 사람의 입가에는 똑같은 미소가 어려 있었다.

일절간해부터 팔절건해까지 펼쳐지는 두 사람의 검.

그렇게 한 번의 검법이 모두 펼쳐졌다.

"후우, 다시 한 번 고맙군."

"나도 얻는 것이 있으니."

유검과 홍원은 짤막한 대화를 나눴다.

"일단 본 문에 보고는 올렸다. 수준은 나보다 강하다는 정도로."

유검의 말에서 홍원은 한 가지 사실을 알 수 있었다. 유검이 적당히 보고한 것이다.

자신이 구양진극을 꺾은 것으로 대강의 실력은 추정할 뿐일 터였다. 거기에 유검이 자신보다 강하다는 정도로만 알렸으니, 그 정도가 어느 정도인지 알 수 없을 것이다.

구양진극이 유검보다도 강하니.

"본분에 충실하지 못하군."

홍원의 말에 유검은 고개를 저었다.

"사실 그 수준이 어느 정도인지 가늠이 안 되는 게 사실이니까."

유검의 말은 사실이었다. 그는 감히 홍원의 실력을 측량할 수 없었다.

"마치 사숙을 보는 듯해. 물론 그 말은 전하지 않았다."

유검이 싱긋 웃었다.

"뭐, 지금은 문주도 외유 중이라……."

유검이 보낸 보고에 답에 없어 다시 전서를 보냈을 때 돌아온 답이었다.

현재 문주가 외유 중이니 다른 명령이 있을 때까지 광평성에서 대기하라는.

우문기영의 다른 명령은 없었다.

결국 유검은 이곳에서 시간을 보내야 할 처지가 되어버린 것이다.

"문주라……."

유검의 말에 홍원이 중얼거렸다.

"문주는 어떤 사람이지?"

문득 궁금해졌다. 사부의 사문을 현재 이끌고 있는 사람이 어떤 사람인지.

꿈속에서도 보지 못했었다.

그때 자신이 일도에 문주가 있던 전각을 갈라 버렸다는 사실을 홍원은 모르고 있었다.

"속을 알 수 없는 황족이랄까?"

유검은 북궁휘용을 떠올리며 답했다.

"아무튼 덕분에 당분간은 나도 이곳에 머물러야 하니 종종 부탁하지."

유검이 웃으며 말했다.

홍원은 고개를 끄덕였다.

"봐서."

하지만 그 대답은 무조건 긍정이 아니었다. 그러나 그 정도도 유검에게는 만족스러운 대답이었다.

홍원의 입장에서도 나쁠 것은 없었다.

유검과 한바탕 어울리고 나면 몸속 깊숙한 곳에 남아 있는 살기가 빠져나감을 느낄 수 있으니.

자신의 검도 가다듬고 살기도 배출해 낼 수 있으니 거절할 이유가 없었다.

단지 홍원은 유검처럼 홀로 자유롭지 않았기에 그리 대답한 것이다.

두 사람은 마주 보고 다시 한 번 웃은 후 광평성을 향해 몸
을 날렸다.

둘을 비추는 달빛과 무수한 별빛.

그 별빛 중에서 천추성이 붉게 두 사람을 비추고 있었다.

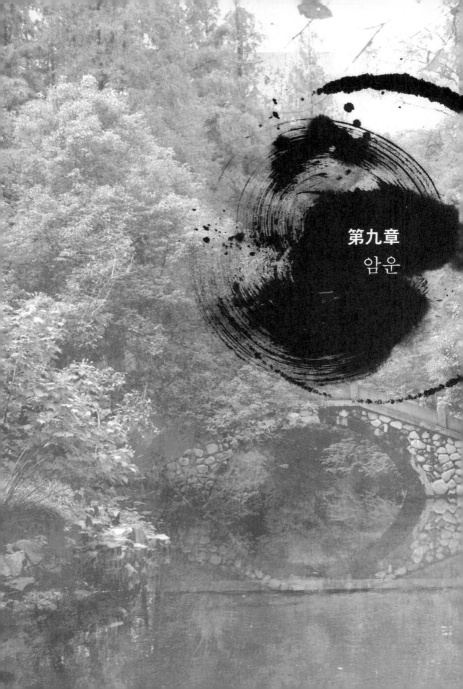

第九章
암운

홍원은 가족들과 광평성에서 평화로운 시간을 보내고 있었지만, 경천회의 수뇌부는 그렇지 못했다.

모용연과 모용혜가 경천회로 돌아오는 과정에서 있었던 마황성과의 충돌, 그것 때문이다.

경천회주의 자식들을 노렸다는 것은 그야말로 선전포고와 같은 행위였다. 때문에 경천회는 대대적으로 마황성과의 전쟁준비에 돌입한 상태다.

북쪽 마황성과의 경계에 경천회의 전력 중 육 할이 집중되고 있었다. 더 많은 전력을 보내야 했지만 서쪽의 사혈궁을 경계해야 했기에 섣불리 모든 전력을 북쪽에 집중시킬 수 없었다.

모용백의 얼굴에는 근심이 가득했다.

마황성과의 일전은 반드시 치러야 하지만, 그에 수반되는 여러 가지 일들이 그를 고민에 빠뜨리고 있었다.

"사혈궁 쪽 움직임은 어떤가?"

모용백의 물음에 문상 심온이 답했다.

"아직은 아무런 움직임이 없습니다."

"천선문은?"

"그들 역시 조용합니다. 그 두 세력은 현재 읍성에서 보이는 작은 움직임을 제외하고는 세력권 밖에서 조용히 있습니다."

심온의 대답에 모용백은 고개를 끄덕였다.

"천선문은 아마 끼어들지 않을 테지만… 교중학, 그 노인네의 속마음은 알 수가 없으니."

마도와 사도를 걷는 두 곳이다.

그 두 곳에서 손을 잡고 자신들을 압박한다면 솔직히 승산이 없었다.

"사혈궁도 쉽사리 마황성과 함께 움직이지 못할 것입니다. 명분이 없습니다. 그리고 두 곳이 함께 저희를 노리기에는 숭무련이 뒤에 버티고 있지 않습니까?"

무상 위지천악의 말이다.

"그들 뒤를 노릴 수 있는 곳이 숭무련이라서 문제야… 현재 숭무련의 상황이 바깥 사정에 신경을 쓸 수 없을 테니."

그랬다.

전대 련주가 죽고 새로운 련주가 탄생한 지 고작 일 년도 흐르지 않았다. 게다가 몇 개월 전에는 련의 군사마저 횡사하지 않았던가.

내부 정비만으로도 정신이 없을 상황이다.

"그렇습니다."

심온이 모용백의 말에 답했다.

"마황성 놈들, 괜히 우리를 건드린 게 아니야."

사대세력의 자리는 절묘하게 균형을 이루고 있었다. 정마사정의 순으로 대륙을 둘러싸는 형국이라, 어느 한 곳이 섣불리 다른 곳을 노릴 수 없었다.

그들 가운데에 황실이 자리하고 있었기에 중심을 통한 침공은 아예 불가능했다.

그런데 지금 경천회는 그 지리적 묘를 살리지 못한 채 고민하고 있었다.

"그에게 도움을 청하는 것은 어떻습니까?"

위지천악이 다시 입을 열었다.

그가 누구를 뜻하는지는 모두 알고 있었다. 이내 모용백이 고개를 저었다.

"아니야. 이건 본 회의 일이야. 손님의 손을 빌릴 수야 없는 노릇이지."

부드럽게 말했으나, 단호했다.

모용백의 말에 위지천악은 더 이상 말을 꺼내지 않았다. 심온은 못내 아쉬운 표정이었다.

위지천악의 의견이 그의 생각과도 같았기 때문이다.

같은 시각.

마황성과의 경계에 진을 치고 있는 경천회의 무사들을 모용중호가 이끌고 있었다.

그의 담담한 눈으로 북쪽을 바라보고 있었다.

멀리 마황성의 무사들이 진을 치고 있는 모습이 보였다. 당장 그 수만 하더라도 경천회보다 많았다.

"쉽지 않은 싸움이 되겠어."

마황성이 괜히 먼저 경천회에 도발을 한 것은 아니라는 생각이 들었다.

그들의 기세는 몹시 거칠고도 흉흉했다.

모용중호의 곁에는 사도평과 문명후가 함께 있었다. 뿐만 아니라 경천회의 고수들 대부분이 이곳에 자리하고 있었다.

그들의 얼굴에도 수심이 가득했다.

예상했던 것보다 마황성의 전력이 훨씬 강해 보였기 때문이다. 하지만 부러질지언정 은원은 확실히 해결하는 것이 경천회다.

걱정할지언정, 두려워하지는 않았다.

"흐음, 경천회와 마황성이 한판 붙기 직전이라 이거지?"

교중학이 흥미롭다는 얼굴로 물었다.

"그렇습니다."

문인백송의 대답에 교중학의 두 눈이 반짝 빛났다.

"그러면 우리는 어떻게 해야 할까? 굿이나 보고 떡이나 먹어야 할까?"

그 물음에 문인백송은 고개를 저었다.

"지금 가만히 상황을 지켜보는 것은 무조건 저희에게 손해입니다."

교중학은 눈짓으로 계속해서 설명하라는 뜻을 표시했다.

"경천회든 마황성이든 어느 곳이 승리하든 저희에게 큰 위협입니다. 네 개의 세력으로 이루어진 균형이 무너지는 형국이니까요. 반면에 저희가 마황성과 손을 잡는다면 경천회를 무너뜨리기 수월합니다. 두 곳이 한 곳을 공격하는 형국이니까요."

그 말에 교중학은 고개를 끄덕였다.

"분명 맞는 말이야. 하지만 그렇게 하면 우리의 피해도 적지 않을 거 같단 말이야. 차라리 둘 중 한 곳이 남았을 때 그곳을 치는 건 어떤가?"

"어부지리를 얻는 것도 좋은 방법입니다만… 만약 한 곳이 일방적으로 승리를 한다면 소용이 없습니다."

문인백송의 말에 교중학이 피식 웃음을 흘렸다.

"그럴 리 없지 않은가? 한 곳이 다른 곳을 압도하는 것은 불가능해. 저 간교한 황실 녀석들이 그렇게 조정을 해놨으니까."

"들어온 정보에 의하면 마황성의 힘이 심상치가 않습니다."

"대세에 영향을 줄 만큼?"

문인백송의 말에 교중학이 물었다.

"거기까지는 파악이 되지 않았습니다. 지금 최대한 정보를 더 모으고 있는 중입니다."

"하운이 녀석은?"

"그곳에서 틀어박혀 수련 중이라는 소식이 왔습니다."

"수련?"

교중학은 믿기지 않는다는 얼굴로 되물었다.

"네. 아무래도 장홍원이라는 자에게 자극을 받은 것 같습니다. 얼굴을 맞댄 적이 있었던 것 같은데… 그때 상대의 무위를 전혀 짐작치 못한 것에 충격을 받은 것 같습니다."

"흠, 검선의 제자라…….'

교중학은 잠깐 생각에 잠겼다. 자신이 겪었던 검선의 그 무지막지한 강함을 떠올리고 흠칫 떨었다.

"잠깐, 그 녀석이 검신이 묵빛인 검을 사용했다고?"

"그렇습니다."

지난번 마황성과 경천회의 충돌에 홀연히 모습을 드러낸 홍원에 대한 보고를 떠올리며 물었다.

"상번이 녀석을 해한 그놈도 묵빛 검을 사용했다 하지 않았나?"

"아닙니다."

교중학의 물음에 문인백송이 고개를 저으며 답했다.

"묵검을 사용한 자는 그즈음에 숭무련에 모습을 드러냈다가 사라진 묵검신협이라는 자입니다. 아……!"

대답을 하던 문인백송이 무언가가 생각났다는 얼굴을 했다.

"응? 무슨 일인가?"

자신의 기억이 틀렸다는 생각에 얼굴을 찌푸리던 교중학이 갑작스러운 문인백송의 행동에 물음을 던졌다.

"그러고 보니 그 묵검신협이라는 자의 이름도 장홍원이었습니다."

우연치고는 너무나도 공교로웠다.

묵검을 사용하는 두 고수의 이름이 같다니.

보통 사람이라면 참으로 신기하고도 이상한 우연이라고 생각하며 넘겼을 일이다.

두 사람의 용모가 너무도 달랐기에 당연한 일이다.

그러나 교중학은 다른 사람들이 모르는 정보를 하나 더 알고 있었다.

자신의 손자에게 직접 들은 이야기였다.

"흐음."

그는 잠깐 생각에 잠겼다.

혹시 모를 일이다.

"확인을 해보는 것도 나쁘지는 않겠지."

"네?"

"검선의 제자, 그자의 초상화를 구해 오게. 경천회와 마황성의 전쟁에 개입하는 문제는 그 이후에 결정하도록 하지. 어쩌면 명분이 생길지도 모르겠어. 확인을 해봐야 알겠지만."

교중학의 두 눈이 깊게 가라앉았다.

오늘은 광평성 남쪽에 위치한 작은 산사로 향했다. 규모는 작지만 빼어난 풍광 속에 어우러진 그 모습이 멋져 유명한 곳이었다.

아이들보다도 어머니가 그 모습에 크게 감탄하셨다.

대웅전에서 한참 동안 불공을 드리고 계셨다.

아이들은 산사의 뜰 이곳저곳을 돌아다니며 즐거움을 만끽했다.

홍원은 그런 모습을 보며 절로 마음이 편안해짐을 느꼈다. 그러던 중 모용연의 얼굴이 눈에 들어왔다.

애써 즐거워하고 있지만 그 아래 숨겨진 그늘이 보였다.

"무슨 일이 있는 겁니까?"

홍원이 곁에 다가가 물었다.

"아무 일도 없어요."

모용연은 고개를 저으며 말했다. 입가에 맺힌 웃음이 처연해 보이는 것은 홍원의 착각이 아니었다.

홍원은 잠자코 무슨 일인지 짐작해 보았다. 그녀가 말하기 싫어하는 기색이니 다른 수가 없었다.

조용한 산사에 목탁 소리만 고요히 울려 퍼지고 있었다.

'그러고 보니… 너무 평화로워.'

문득 생각이 거기에 미쳤다.

경천회에 도착한 후 가족과 즐겁고 평화로운 시간을 보내느라 미처 생각지 못했다.

경천회로 오는 중 있었던 일도 그만 깜빡 잊었다.

마황성과 그런 식으로 부딪혔는데, 이렇게 조용한 건 이상한 일이다.

홍원이 아는 경천회라면 분명 그때 일을 그냥 넘어가지 않으리라.

"마황성 때문입니까?"

그녀는 경천회주의 장녀다. 경천회의 일이 곧 그녀의 걱정거리가 될 수 있는 위치인 것이다.

홍원의 물음에 모용연은 흠칫 몸을 떨었다.

그러고는 그냥 고개를 숙인다.

그것으로 충분한 대답이 되었다.

"미처 생각지 못했습니다. 죄송합니다."

홍원이 낮게 말했다. 경천회는 아마 일촉즉발의 상황으로 정신이 없을 것이다.

자신은 그런 움직임을 미처 파악하지 못하고 있었지만, 모용연은 모두 알고 있었으리라.

이런 어수선한 시국에 자신의 가족이 아무것도 모르고 즐거운 시간을 보낼 수 있게 해주는 경천회의 배려에 새삼 고맙기도 했다.

"아니에요. 그냥 사형들이 걱정될 뿐이에요."

모용연은 손님들을 모셔야 한다는 이유로 경천회에 남았다. 그의 두 사형 사도평과 문명후는 이미 마황성과의 전선에 가 있는 상태 아니던가.

그녀는 자신이 회주의 딸이기 때문에 배제된 것은 아닌가 하는 생각에 빠져 우울해했던 것이다.

모용연은 담담히 홍원에게 그런 이야기를 했다. 홍원은 묵묵히 듣기만 했다.

아마도 무언가 자신에게 조언을 얻기 위해 하는 말은 아닐

것이다. 그저 너무나 답답했기에, 어딘가에 그 답답함을 토로하고 싶을 뿐.

마침 그때 그런 그녀의 감정을 자극한 것이 홍원이었고, 곁에 있는 것도 홍원이었다.

홍원은 아무 말 없이 그녀가 가슴에 쌓아둔 것을 모두 쏟아낼 수 있게 가만히 들어주었다.

어느새 그녀의 두 눈에서는 눈물이 흘러내리고 있었다.

"경천회의 힘은 결코 약하지 않습니다. 능히 모든 일을 이겨낼 겁니다."

마지막에 홍원이 해줄 말은 이것밖에 없었다.

전장은 긴장으로 가득했다.

언제 싸움이 시작될지 모를 일이다. 그랬기에 경계를 서는 무사들은 한껏 집중한 채 적진을 바라보고 있었다.

그런 경계망이 우습다는 듯 유유히 그 틈을 뚫고 들어오는 그림자가 있었다.

누구도 그의 침입을 알아차리지 못했다.

그림자는 빠르게 움직였다. 이미 자신의 목적지가 있다는 듯 움직임에 거침이 없었다.

그렇게 한 막사로 스며든 그림자는 가만히 앉아 검을 닦고 있는 사내의 등 뒤에 모습을 드러냈다.

"무슨 일이지? 이런 곳에 날 찾아오고?"

사내는 그림자의 존재를 이미 알고 있다는 듯 물었다.

"그만 돌아오시라는 말씀입니다."

그림자가 허리를 숙이며 말했다.

그 말에 사내의 눈이 잘게 떨렸다.

"아직 가야 할 때가 아닌 걸로 알고 있다만… 설마 이런 전장에서 내가 위험할까 봐 그러시는 것이냐?"

사내의 목소리도 잘게 떨렸다.

"아닙니다. 다만… 대업을 위한 때가 되었다 하셨습니다."

그 말에 사내의 눈이 더욱 격하게 떨렸다.

사내는 가만히 고개를 숙였다.

가기 싫었다.

자신은 이곳이 좋았다. 사막이 싫고 중원이 좋은 것이 아니다.

그저 자신에게 모든 것을 아낌없이 베푸는 사부가 존경스럽고 좋았다.

사형제들과 함께하는 평화로움과 즐거움이 좋았다.

조부와 부친에게 배신이나 다름없는 감정임을 알았으나 사내는 떠나기 싫었다.

그저 대업이라는 것이 자신의 다음 대로 넘어가기를 바랐다. 그래서 그저 이곳에서 아무 일 없다는 듯이 늙어 조용히 사막으로 돌아가기를 바랐다.

한데 그 모든 바람이 산산조각 나버렸다.

"후우."

사내는 깊은 한숨을 내쉬었다.

"천 년에 가까운 시간이 지났건만… 아직도 미련을 놓지 못

하시는 것인가. 이제 천하에 선우 황실을 기억하는 사람은 없
거늘… 저 북궁 황실조차도 우리를 잊었을 거야."

그림자는 그저 고개를 숙이고 있었다.

"전 명을 따를 뿐입니다."

"무영아, 넌 그들 속에 있으니 알 것 아니냐. 그들이 우리를
신경이나 쓰더냐? 우리는 이미 잊힌 존재가 아니더냐?"

사내의 물음에 무영이라 불린 그림자는 입을 굳게 닫고 있었
다.

"과연 우리가 이 천하를 뒤집을 수 있겠느냐?"

"사대세력 중 마황성이 우리의 세력입니다."

그림자는 짧게 답했다. 그 속에는 많은 의미가 함축되어 있
었다.

그 말에 사내는 검을 놓고 잠시 천장을 올려다보았다. 그리
고 낮에 보았던 마황성의 세력을 떠올렸다.

무시무시했다.

언제 그들이 그렇게 세력을 키웠는지 믿기지 않을 정도였다.

"하지만 과연 마황성의 대부분의 무사가 그런 사실을 알겠
느냐? 결국은 구양 가문만이 우리의 수족 아니더냐. 그리고 천
년이 지났다. 과연 구양 가문이 여전히 우리에게 충성을 다하
겠느냐?"

"그들은 저희의 가신입니다. 절대 다른 마음을 품을 수 없습
니다."

그림자의 그 목소리에는 은은한 분노마저 깃들어 있었다.

사내는 그저 고개를 저었다.

"부질없는 짓이다."

"그만 가시죠. 이어받기를 간절히 원하나 이어받지 못하는 사람도 있습니다."

그림자가 이를 악물었다.

자신의 이야기를 하는 듯했다.

"마음 같아서는 네가 이어받았으면 좋겠구나."

"저를 조롱하시는 겁니까? 방계로 태어나 자격이 없다는 것을 누구보다 잘 아시지 않습니까? 그리고 암천의 씨앗은 단 하나. 이미 숙부께 심어졌습니다."

그림자의 분노는 진해졌다. 자신보다 이십 년은 어린 숙부.

그 모든 것이 항렬이라는 녀석 때문이다.

저 숙부는 직계, 자신은 방계.

누구보다 선우 황실의 부흥을 바라는 자신에게 기회가 없음을 한탄하며, 부흥의 밑거름이 되고자 적진 한가운데에 잠입해 있건만.

자격을 가진 이가 저리도 나약한 모습이라니.

그림자의 두 눈에 어린 분노가 진해질 때쯤.

사내가 몸을 일으켰다.

"가자. 내 핏줄에 낙인찍힌 숙명이니, 따라야지."

사내는 그림자를 바라보았다.

아무것도 없는 몸이다.

"그대로 가시려는 겁니까?"

"검도, 옷도, 모든 것을 사부께 받은 것이다. 두고 가야지. 이렇게 죄스럽게 사라지는데 다 두고 가야지. 앞장서라."

사내의 말에 그림자는 막사를 나와 천천히 움직였다. 사내는 그림자의 뒤를 따랐다.

경계를 서는 그 누구도 그 둘을 알아차리지 못했다.

그림자가 익힌 무공의 공능 덕분이었다.

구양벽은 산 아래를 내려다보았다.

적들이 진을 치고 있었다. 그 규모는 자신들에 비할 바가 아니었다.

그럴 수밖에 없었다.

마황성은 전력의 구 할을 이곳에 투입했다. 숭무련이 섣불리 움직일 수 없음을 알기에 내린 판단이다.

그들은 지금 제 코가 석 자였다.

'선우문강 황자가 해둔 일 덕분이지.'

비명에 갔지만, 그는 그 자신에게 부여된 임무를 충분히 수행했다.

두 부련주 중 손색이 있는 공야무를 지지해서 그를 련주로 만들었다.

그리고 그 과정에서 공야무의 눈과 귀를 가렸다.

련의 중요 기밀들 대부분을 자신만이 아는 곳으로 옮겼고, 그 사실을 누구에게도 알리지 않은 채 죽어버렸다.

사실은 북방에 기밀들을 보관한 위치를 은밀히 알려야 했다.

그러나 채 실행하기 전에 흉수에게 죽어버렸다. 그 부분이 안타까웠다.

"상관없는 일이지. 마도 천하를 이루는 데 있어서는."

구양벽은 낮게 중얼거리더니 입꼬리를 올리며 웃었다.

그 웃음에는 야망이 가득했다.

절대 선우 황실이 일개 장기짝으로 마황성을 이용하게 두지 않겠다는 의지가 가득했다.

마황성은 구양씨들의 수백 년에 걸친 위업이었다.

단지 천 년 전에 그들의 가신이었다는 이유 하나로 마황성을 그들에게 바칠 이유는 없다.

그것이 구양벽의 생각이었다.

이번에 그들의 지시에 따라 경천회를 노린 것은 어디까지나 구양벽 자신의 이해와 맞아떨어졌기 때문이다.

좀 더 힘을 키울 것인가, 지금까지 쌓인 힘을 터뜨릴 것인가.

고민을 하던 차에 천선문에서 은근한 부추김도 있었고, 선우 황실에서도 은밀한 명이 내려왔었다.

그래서 결정했다. 이번에 터뜨리기로.

경천회를 집어삼키고 그 여세를 몰아 숭무련도 집어삼킬 생각이었다.

그렇게 되면 천선문은 북방의 그들이 맡겠지.

천하가 혼란의 소용돌이에 빠질 때, 사혈궁을 처리하고, 천선문과의 싸움으로 기진맥진한 선우씨까지 친다.

그것이 구양벽의 머릿속에 있는 계획이었다.

그 누구도 모르는 오직 구양벽만의 계획이었다.

"아버님, 접니다."

그때, 구양진극의 목소리가 들렸다.

"그래. 경천회는 어떠하더냐?"

"이곳에서 보이는 것과 크게 다르지 않습니다."

"그자는?"

"오지 않은 듯합니다."

"그래?"

구양벽은 경천회의 진영을 뚫어지게 바라보았다.

검선의 제자.

갑작스레 등장한 그로 인해 구양벽의 대계가 시작부터 꼬여 버렸다.

경천회를 손쉽게 집어삼키려 했건만, 어쩌면 상당히 귀찮아 지게 생겼다.

그래서 혹시 모를 그의 방해를 대비해 자신이 직접 전장으로 나왔다. 본성에는 혹시 모를 숭무련의 도발을 대비해 구양 현극을 남겨두었다.

"모용백도 오지 않았다고?"

"위지천악도 오지 않았습니다. 모용중호가 나머지 십대고수를 이끌고 와 있습니다."

"사혈궁을 경계함인가?"

"아마도 그런 듯합니다."

아들의 대답에 구양벽이 생각에 잠겼다.

"어쩌면 생각보다 쉬울 수 있겠구나."

"네. 홍원이라는 자와 모용백 두 사람이 모두 왔으면 어쩌나 했는데, 오히려 둘 다 오지 않았으니까요."

"검선의 제자라……."

구양벽은 그렇게 중얼거리며 자신이 만났던 무유검선을 떠올렸다.

그의 검은 무시무시했다.

한없이 부드럽고 고요한 검이었으나, 자신이 그 앞에 대적하자 감히 일 초도 펼칠 수 없었다.

지금의 자신은 그 시절과는 비교도 할 수 없게 강해져 있었다.

하지만 그 기억은 여전히 그에게 크나큰 두려움을 주고 있었다.

*　　　　*　　　　*

"대체 이게 무슨 일인지 모르겠군."

우문기영은 서탁을 두드리며 중얼거렸다.

조용하던 천하가 너무나도 빠르게 움직이고 있었다.

마황성이 경천회주의 딸을 노렸다는 소식을 접했을 때 두 세력이 부딪히리라 생각은 했지만, 현재 그 규모는 자신의 예상을 뛰어넘고 있었다.

그야말로 존망을 걸고 전쟁이 벌어지려 하고 있었다.

거기에 유검으로부터 날아든 보고는 만족스럽지 않았다.

무유팔절검해는 측정 불가한 실력을 가지고 있으나, 천선은 확인하지 못했다, 라는 보고.

"하긴, 그놈이 천선을 사용했다 하더라도 과연 유검이 알아볼 수 있느냐도 문제지."

두 사람 사이에 어떤 일이 있었는지는, 우문기영으로서는 상상도 못 할 일이다.

마황성과 경천회 그리고 홍원.

머리가 복잡했다.

거기에 더해 북궁휘용은 오랜 시간 조사동에서 폐관을 할 거란 소식까지 전했으니.

"내가 이렇게 무력했던가?"

우문기영은 문득 허탈하게 중얼거렸다.

그리고 이내 바쁘게 손을 놀렸다. 서탁에 펼쳐진 서류에 무수한 글자가 채워지고 있었다.

일단 사태의 추이를 지켜보면서 한쪽이 일방적으로 승리하는 것을 막아야 했다.

사대세력의 균형이 깨지는 것은 절대로 천선문이 원하는 일이 아니었다.

이 혼란의 시작에 북궁휘용이 살짝 힘을 보탰음을 우문기영은 꿈에도 몰랐다.

산사를 다녀온 후 며칠이 흘렀다.

홍원은 그날 모용연의 눈물을 잊을 수가 없었기에 당분간은 조용히 지냈다.

어머니도 여유를 즐기는 것 또한 좋으신 듯했다. 그간 다녀온 곳들에 대한 기억을 정리하시는 듯했다.

홍해는 무공 수련에 여념이 없었다.

홍산은 이곳에서 새로이 만난 학사에게 글공부를 하느라 정신이 없었다.

홍원은 그저 명상을 하며 보냈다.

가끔 기감을 넓혀 경천회 전반을 살폈다. 긴장감으로 가득한 분위기를 읽을 수 있었다.

전쟁으로 인한 긴장감이 완연했기에 홍원은 자신들의 숙소에서 조용히 지냈다.

그래도 가족들은 할 일이 있었기에 다행이라면 다행이었다.

'바다는 다음 기회로 미뤄야겠군.'

산사를 다녀오던 날 홍산이 지나가듯 말했었다.

바다라는 곳을 보고 싶다고. 책에서 글로만 보던 것을 실제로 보고 싶다고.

이번 여정을 지내며 홍산은 크게 개안을 한 듯했다. 책 속의 세상을 실제로 보고 겪으며 새로운 데 눈을 뜬 듯했다.

그래서 욕심을 부린 것이리라.

광평성에서 남쪽으로 보름쯤 가면 바다를 볼 수 있다. 홍원도 어린 시절 사부와 함께 가보지 않았던가.

이번 일이 어느 정도 정리가 되면 그때 움직여야 할 듯했다.

"장 공자, 계세요?"

홍원이 명상을 하는 와중에 자신을 찾는 목소리가 들렸다.
모용연이었다.

"무슨 일이십니까?"

홍원이 방에서 나왔다.

모용연의 얼굴은 딱딱하게 굳어 있었다. 무슨 사달이 난 게
분명해 보였다.

"아버님께서 잠시 뵙기를 청하세요."

홍원의 예상과는 다른 대답이었다.

"준비하도록 하지요."

홍원은 어머니께 말씀을 전하고 금세 준비를 마친 뒤 모용연
을 따라나섰다.

그녀는 경천회의 깊숙한 중심으로 홍원을 안내했다. 도착한
곳은 예상외로 한적한 뜰이었다.

회주의 집무실이 있는 건물 뒤편의 너른 뜰이었다.

그곳에 모용백이 홀로 서 있었다.

"왔는가?"

모용백이 홍원을 보며 말했다. 그의 얼굴도 진중하기 그지없
었다.

"너는 이만 가보거라."

모용연은 아버지의 말에 조심스레 그곳에서 물러났다.

"오랜만에 뵙습니다, 회주님."

"내 자네에게 무례한 청을 해도 되겠는가?"

모용백의 목소리는 무겁기 그지없었다.

"무슨 일이신지요?"

"자네와 검을 섞어볼 수 있겠는가?"

갑작스러운 요청에 홍원은 고개를 갸웃거렸다.

짧은 시간이나마 그가 겪은 모용백의 인품과는 전혀 다른 요청이었다.

그랬기에 무슨 사정이 있을 것이라 생각했다.

홍원은 천천히 흑운을 뽑았다.

그것으로 대답은 되었다.

모용백은 고개를 끄덕이고는 자신의 도를 뽑아 들었다.

"내가 검선을 단 한 번 뵈었을 때 그분의 검을 잠시나마 견식한 적이 있었네. 감히 도를 맞대지도 못할 정도로 압도적이었지. 그래서 궁금했다네. 과연 자네는 그런 검선의 검을 얼마나 이어받았는지 말일세."

그 말이 끝남과 동시에 모용백의 몸에서 폭풍과도 같은 기세가 뿜어져 나왔다.

단천참마도(斷天斬魔刀).

하늘을 자르고 마귀를 베는 도.

모용백의 성명절기 기수식이 취해지면서, 그야말로 패도적인 기운이 그의 도에서 줄기줄기 뿜어져 나오고 있었다.

홍원은 평온했다.

그 패도적인 기운이 모두 흑운을 흘러 뒤로 지나쳤다. 그 어떤 기운도 홍원에게 닿지 못했다.

두 사람의 눈이 허공에서 부딪혔다.

누가 먼저랄 것도 없이 동시에 움직였다. 모용백의 도가 홍원을 쪼갤 듯이 짓쳐들어왔다.

홍원의 검이 도에 맞서 날아갔다.

챙!

두 병기의 부딪히는 소리가 요란하게 울렸다.

대련이었기에 두 사람의 병기엔 강기가 없었다. 그럼에도 무척이나 흉험한 기운이 사방으로 뿜어져 나왔다.

홍원의 검이 유려하게 움직이며 모용백의 팔을 노리고 날아들었다. 모용백의 도가 광풍을 일으키며 크게 움직였다.

검과 도가 다시 한 번 부딪혔다.

서로의 허점을 노리며 어지러이 움직이는 검과 도의 향연은 그야말로 환상이었다.

홍원은 무표정한 얼굴로 무유팔절검해를 펼쳤고, 모용백은 놀라운 얼굴로 단천참마도를 극성으로 펼쳤다.

두 사람의 부딪힘이 계속될수록 점차 우위가 확실하게 드러나고 있었다.

점점 더 모용백의 손이 어지러워졌다.

여전히 패도적인 기운을 줄기줄기 뿜어내고 있었지만 그 기운들은 갈 곳을 잃고 헤매고 있었다.

대지를 찢어발길 기세로 뿜어져 나오는 도기의 폭풍을 한 자루의 검이 너무도 쉽게 무력화시켰다.

경악에 물들었던 모용백의 얼굴은 점차 딱딱하게 굳었다.

도의 움직이는 속도가 점점 느려지더니, 종래에는 결국 멈쳤다.

홍원도 검을 멈추고 그를 마주 보았다.

"대단하군……."

모용백은 채 말을 잇지 못했다.

"과찬이십니다."

홍원이 검을 검집에 꽂으며 말했다. 모용백은 고개를 저었다.

"아니야. 내가 검선 어른과 마주했을 때 못지않은 실력이야. 아니, 어쩌면 그 이상인지도 모르겠군."

"아직 사부님께 비하면 많이 모자랍니다."

홍원의 말에 모용백은 재차 머리를 저었다.

"처음은 상대할 만하다 생각했네. 하지만 그게 자네가 나에게 맞춰준 것이더군. 내가 위력을 올리면 딱 그만큼 맞춰줬네. 마지막에는 내가 전력의 거의 팔 할을 끌어냈음에도 자네는 너무나 평온했어. 더 이상 해볼 필요가 없는 일이지."

극성에 이른 단천참마도를 펼쳤음이지만, 그가 온전히 뿜어낼 수 있는 위력의 팔 할 정도까지만 사용했다. 그 정도만으로도 결론이 내려졌다.

자신이 홍원보다 약함을 이야기함에도 모용백의 얼굴은 담담하기 그지없었다.

"세인들이 자네를 칭하는 별호가 우스울 지경이야. 자네는 혹여 자네의 별호를 들어본 적이 있는가?"

모용백의 물음에 홍원이 답했다.

"없습니다."

"원래 그런 건 본인이 가장 늦는 법이지. 구양현극을 압도한 검선의 제자라는 소문에 사람들은 자네를 소검선(少劍仙)이라 부른다 하더군."

소검선.

젊은 검선이라는 의미다.

"자네의 나이를 생각한다면 잘 어울리는 별호라 생각했네만, 직접 부딪혀 보니 아니야. 자네는 이미 검선이라 불릴 자격이 충분하네. 나조차도 감당할 수 없으니."

그 말에 홍원이 고개를 저으며 말했다.

"숨겨둔 한 수를 사용하셨다면 모를 일입니다."

그 말에 모용백은 웃음을 터뜨렸다.

"하지만 그건 자네도 있지 않은가? 하하하, 예전 검선 어른을 상대했을 때는 감히 오르지 못할 벽을 보는 것 같았지. 자네는 오르고 올라도 끝이 없는 벽처럼 느껴졌네. 사실 그 편이 더 잔인할 수도 있어."

"죄송합니다."

모용백의 마지막 말에 홍원은 살짝 머리를 숙였다.

"아닐세. 아니야. 오히려 그래서 좋았네. 새로운 단초를 본 것 같으니 말이야. 회의 상황이 이렇지만 않다면 당장 폐관에 들고 싶은 심정이야."

모용백의 두 눈은 무공에 대한 열정으로 활활 타오르고 있었다.

모용백은 품에서 서찰을 하나 꺼내 홍원에게 건넸다.

"어제 사혈궁에서 보낸 걸세. 이것 때문에 자네를 보자고 한 거야. 그리고 어찌할지 결정하기 위해 자네와 검을 섞은 것이고."

홍원은 모용백이 건넨 서찰을 펼쳐 읽었다.

장황하게 쓰여 있었지만 내용은 간단했다. 보름 안에 홍원을 사혈궁으로 넘기라는 것이다.

그렇지 않으면 사혈궁이 경천회를 치겠다는 조건부 선전포고와 같은 서찰이었다.

'결국 알아차렸군.'

홍원의 입가에 고소가 맺혔다.

그때는 생각이 많이 모자랐다. 순간의 흥분에 생각 없이 자신의 이름을 그대로 사용했으니.

묵검을 사용하는 고수에 이름이 같다.

그 정도라 하더라도 얼굴이 다르니 묵검신협과 자신이 동일인이라는 것을 알 수가 없다.

하지만 사혈궁은 다르다.

자신이 환사역혈변안공을 사용할 수 있음을 교상변이 알고 있지 않던가. 자신이 실제로 보여줬으니.

그리고 교상변은 현재 홍원의 얼굴을 알고 있다.

그 얼굴이 본 얼굴이 아님을 알리기 위해 여러 얼굴로 변하는 모습을 보여줬지만, 마황성과 부딪히면서 소용없는 짓이 되어버렸다.

"그런데 거기에 쓰인 것이 사실인가? 사혈궁의 비공을 훔쳐 궁주의 손자를 해하였다는 것 말일세."

모용백의 물음에 홍원은 고개를 저었다.

"교상번에게 응당한 벌을 내린 적은 있습니다만… 그들의 비공을 훔쳐서 해한 것은 아닙니다."

환사역혈변안공은 홍원이 훔친 것이 아니다. 그저 꿈속에서 기억하고 있는 것일 뿐.

꿈속에서도 훔친 적은 없었다.

'그저 부수고 빼앗았다 해야 하나?'

"일단 우리가 내린 결론을 말해주지."

모용백의 목소리에 홍원은 생각에서 깨어났다.

"무슨 일이 있어도 자네를 보내지 않기로 했네."

"사혈궁과도 일전을 벌이시겠다는 말씀이십니까?"

홍원이 놀라서 물었다.

"자네는 본 회의 중요한 손님이자 은인이야. 어찌 우리의 안위를 위해 자네를 보내겠는가."

모용백이 단호히 말했다.

그렇다면 대체 홍원의 무공을 시험한 이유는 무어란 말인가.

"하지만 두 곳을 동시에 상대하는 것은 분명 어려운 일일세. 마황성의 전력도 예상을 훌쩍 뛰어넘은 상황이네. 거기에 사혈궁까지 상대한다면 본 회의 존망을 걸어야 할지도 몰라."

무척이나 암울한 이야기이다. 그럼에도 모용백의 표정에는 변화가 없었다.

하지만 그의 몸에서 뿜어져 나오는 분위기는 무겁게 바뀌어 있었다. 경천회의 주인의 위엄이 가득했다.

홍원은 잠자코 듣고 있었다.

"해서, 나와 천악도 더 이상 회에 자리하지 못할 것 같네. 한 사람은 마황성을 상대하러, 다른 한 사람은 사혈궁을 상대하러 가야 하지. 전력을 정확히 반씩 나눠서."

모용백은 잠시 말을 멈추고 홍원을 지그시 바라보았다. 그리고 다시 입을 열었다.

"그러면 본 회는 완전히 비어버리게 되네. 그래서 자네의 실력을 내가 감히 시험해 본 거야. 어려운 부탁을 하기 전에 자네가 그 부탁을 감당할 수 있는지 확인하기 위해서 말이야. 만약 자네가 감당할 실력이 없다면 계획을 다시 짜야 하니까."

"어떤 부탁이십니까?"

홍원이 물었다. 그의 목소리에는 수많은 감정이 담겨 있었다.

"아이들을 부탁하네. 자네도 가족과 돌아가야 할 터. 그때 연아와 혜아를 부탁하네. 부디 지켜주게나. 황실의 영역으로 간다면 마황성과 사혈궁도 어찌하지 못할 것이네."

그 말을 하는 모용백의 두 눈이 살짝 떨렸다. 그는 두 딸의 아버지다.

자식들을 향한 부성애가 그의 두 눈을 떨게 만들었다.

시종일관 담담한 얼굴을 하고 있지만 홍원은 내심 크게 놀랐다.

모용백은 이미 옥쇄를 각오했다.

양쪽을 상대하면 경천회는 십중십 무너진다.

그럼에도 양쪽과 싸우겠다고 하고 있었다. 자신을 사혈궁으로 보내면 간단히 해결될 문제인데, 굳이 옥쇄를 택한 것이다.

그러면서 부탁이라고 하는 것이 두 딸의 안위다.

'알고는 있었지만, 과연 다르군.'

홍원은 감탄했다.

숭무련에서의 경험이 있었기에 더욱 감탄했다.

그리고 결정을 내렸다.

경천회는 현재 자신의 가족들이 머물고 있는 곳이다. 절대 무너져서는 안 된다.

홍원은 고개를 저었다.

"죄송하지만 그 부탁은 들어드릴 수 없을 것 같습니다."

홍원은 대답에 모용백은 실망한 표정을 지었다. 그러나 이내 수긍했다.

"그런가? 알겠네. 내가 무리한 부탁을 한 것인지도 모르겠군. 연아와 혜아의 문제는 따로 강구하도록 하겠네. 자네는 보름이 흐르기 전에 가족들과 황실의 영역으로 가게나. 길잡이는 붙여 주겠네. 그러면 자네 가족들은 아무 일도 없을 것이야."

모용백은 홍원의 선택을 존중했다. 그는 부탁을 했고, 거절 당했다. 그뿐이다.

그렇게 생각하는 듯했다.

홍원이 거절할 때를 상정해서 준비한 대로 이야기했다. 아마 모용연과 모용혜에 대한 대비책도 따로 있을 것이다.

모용백이 말을 마치고 몸을 돌리려는 찰나.

홍원이 다시 입을 열었다.

"잘못 이해하신 듯합니다."

모용백의 발이 멈췄다.

"무슨 뜻인가?"

"그 부탁을 들어드릴 수 없는 까닭은 제가 사혈궁으로 갈 생각이기 때문입니다."

홍원의 말이 끝나는 순간, 모용백이 몸을 부르르 떨었다.

그에 관해서는 예상도 하지 못했다.

단신으로 사혈궁에 가겠다니.

말도 안 되는 일이기에 회의 때도 전혀 고려하지 않았다. 그러나 당사자는 그렇게 말하고 있었다.

그 말을 하는 모습은 당당했다.

모용백은 온몸에 전율이 이는 것을 느꼈다.

그 오르고 올라도 넘을 수 없는 벽이라 느꼈지만, 그래도 사혈궁을 단신으로 상대하겠다니.

'어쩌면 내 예상보다 훨씬 더 큰 사람일지도……'

모용백은 홍원에게서 거인의 그림자를 보았다.

"오히려 제가 부탁드리겠습니다. 제가 사혈궁에 다녀오는 동안 저희 가족들을 잘 보살펴 주십시오."

"자네……."

모용백은 채 말을 잇지 못했다.

과연 그곳에 가서 무사히 돌아올 수 있을까?

자신들은 옥쇄를 각오하지 않았던가. 지금 홍원의 마음도 자신과 다를 바가 없을 것 같았다.

'어쩌면…….'

하지만 동시에 다른 생각도 떠올랐다. 자신이 가늠하지 못하는 홍원이라면 오히려 사혈궁이 치명타를 입는 것은 아닌가 하는 생각도 들었다.

홍원은 단호하고도 당당한 모습이었다.

"열흘 후 출발하겠습니다."

그 말을 남기고 홍원은 몸을 돌렸다. 모용백은 그의 뒷모습을 그저 바라만 보았다.

"흠… 벌써 이 책의 내용을 모두 이해했다고?"

"아닙니다. 그 정도는 아니에요."

학사의 물음에 홍산은 고개를 세차게 저었다. 하지만 홍산과 책의 내용에 대해 대화를 나눈 학사는 놀란 마음을 추스를 수가 없었다.

처음에는 복잡한 업무에서 벗어나 머리도 식힐 겸 소일거리 삼아 이 아이와 대화를 나누었다. 그러다가 작은 가르침을 주게 되었고.

가르치면 가르칠수록 놀라움만 주는 아이였다.

'안타깝구나. 회의 상황이 이렇지만 않다면…….'

학사는 너무나 아쉬웠다.

이 아이에게 가르침을 줄 수 있는 것이 오늘이 마지막이라니.

회주가 이 아이의 형, 홍원과 대화를 잘 마무리했다면, 이 아이는 내일 연아와 혜아와 함께 황실의 영역으로 떠나야 한다.

자신의 모든 것을 아낌없이 전해줄 수 있는 인재를 이제야 발견했는데, 바로 헤어져야 한다니.

　경천회의 문상 심온은 무척이나 대견하고도 안타까운 눈으로 홍산을 바라보았다.

　"이 정도면 훌륭하다. 이 이상은 네가 궁구해야 할 영역이야. 누가 가르침을 줄 수 있는 부분이 아니다."

　"무슨 말씀이신지 이해가 되지 않습니다."

　홍산의 대답에 심온은 빙그레 미소 지었다.

　"이 책의 내용은 깊고도 넓다. 해서 수많은 학자들마다 그 의견이 갈리지. 지금에 와서는 과연 그중 이 책을 쓴 저자의 의도가 남아 있는지도 의문이다."

　홍산은 두 눈을 빛내며 심온의 말을 들었다.

　"결국 이 책은 학문의 바다를 헤치는 단초를 주는 것에 지나지 않는다. 그 바다에서 어느 길을 찾는지는 오롯이 자신의 몫이다. 아직 어린 네게는 너무나 먼 이야기일 것이라 생각했다만 너는 어느새 그런 수준에 올랐구나."

　"과찬이십니다."

　홍산의 얼굴이 붉게 물들었다.

　"산아."

　"네."

　"학문의 길은 그 끝이 없음이다."

　"네."

　"네가 어떤 상황에 처하든 결코 그 길을 놓지 말고 끝까지 궁구하거라."

"네."

심온의 당부에 홍산은 기운차게 답했다.

"그럼 나는 이만 일이 있어 일어나야겠구나. 내일 또 보자꾸나."

"감사합니다."

심온은 방을 나서며 내일 홍산에게 어떤 선물을 줘야 할까 고민했다.

내일 헤어지면 이제 만남을 기약할 수 없는 상황이니.

'아무래도 그것을 줘야겠구나.'

심온은 자신의 서재에 소중하게 보관되어 있는 책을 떠올렸다.

자신의 평생이 집대성되어 담겨 있는 책이다.

천문, 기관, 진식, 역법, 전략을 비롯해 온갖 지식이 담긴 책.

'학문이라 하면 넓게 익히는 것도 중요하니.'

그것들은 아마도 홍산이 지금까지 접하지 못한 것들이리라.

그 정도면 당분간 홍산이 익히기에는 충분할 것 같았다.

그런 생각에 심온은 작은 미소를 지었다.

현재 경천회의 상황은 위태롭기 이를 데 없었다. 그럼에도 후학을 생각하니 즐거움이 가슴 한쪽에 자리했다.

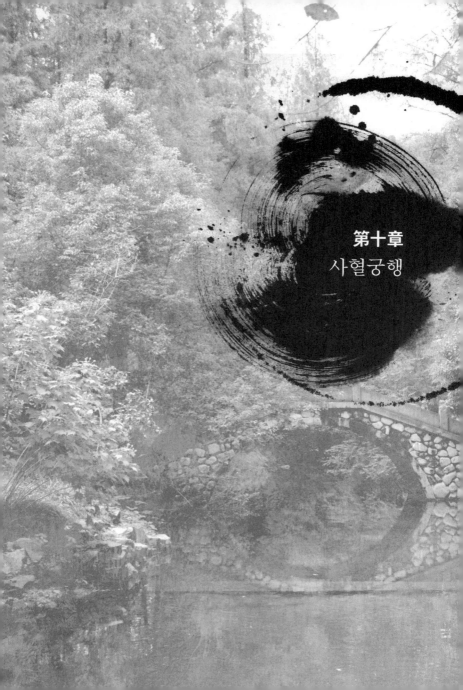

第十章
사혈궁행

　야율초가 향산 동면으로 향했다. 그의 손에는 궁에서 지급
으로 날아온 전서가 있었다.

　동면 깊숙한 곳에 자리한 폭포 아래.

　교하운은 그곳에서 수련에 한창이었다. 야율초가 전력으로
경공을 펼쳐 교하운에게 도착한 것은 출발하고 반 시진이 조
금 못 지나서였다.

　"무슨 일이지?"

　막 명상에서 눈을 뜬 교하운이 물었다.

　"궁에서 지급으로 전서가 왔습니다."

　야율초가 봉해진 봉투를 들어 보였다. 제법 두툼했다.

　"흠."

교하운은 물 밖으로 나와 내공을 일으켰다. 온몸에 있던 물기가 순식간에 사라졌다.

야율초에게 건네받은 봉투를 뜯어 안에 있는 전서를 확인했다.

"허."

짧은 한숨이다.

"무슨 일입니까?"

머리를 절레절레 흔드는 교하운을 보며 야율초가 물었다.

"혼돈. 천하가 혼돈에 빠져들 것 같은 소식이네."

삼매진화를 일으켜 전서를 태워 없애며 교하운이 답했다.

그 말에 야율초는 알 수 없다는 얼굴로 교하운을 바라보았다. 교하운은 그런 수하의 반응에 빙그레 웃었다.

"가면서 이야기하지."

교하운은 가지고 왔던 간단한 짐을 정리했다. 그리고 곧장 읍성을 향해 경공을 펼쳤다. 야율초가 그 뒤로 따라붙었다.

"아버님이 경천회를 향해 칼을 빼 들 모양이야."

"네?"

야율초는 그 말에 깜짝 놀랐다.

"뭘 그리 놀라는가? 본 궁의 입장에서는 절호의 기회인 것을. 마황성과의 싸움에 정신이 없는 경천회의 뒤를 치면 세력을 넓히기에 딱 좋은 형국이지."

교하운의 말에 야율초의 얼굴이 딱딱하게 굳었다.

"하지만 주군께서는 그 방식을 싫어하지 않습니까?"

자신의 마음을 알아주는 수하의 말에 교하운은 빙그레 웃었다.

"그렇지. 굳이 경천회의 영역까지 세력을 넓혀야 할 이유도 모르겠고. 지금도 충분한데 말이야. 과한 욕심은 항상 화를 불어오는 법이지."

교하운의 목소리가 유독 쓸쓸하게 들렸다.

궁을 운영하는 철학에서 교하운은 늘 아버지 교중학과 부딪혔다. 그랬기에 궁에 붙어 있지 못하는 것이다.

아버지와 마주하면 가슴이 답답했기에.

그 탓에 자신마저 아들과 사이가 틀어져 버렸다. 몸이 멀어지니 마음이 멀어진 것이다. 무엇보다 제 자식이 본인의 마음에 안 차는 것이 가장 큰 이유였지만.

"그런데 그렇게 경천회를 공격해도 될 일입니까? 명분이 없을 텐데요."

"어디 사도를 추구하는 우리가 명분을 따지던가?"

자조적인 교하운의 말에 야율초가 얼굴을 찡그렸다.

"그런데 이번에는 그럴듯한 명분을 찾으셨더군."

교하운의 말이 이어졌다.

"번이 녀석을 그 꼴을 만든 흉수를 찾은 모양이야."

"그게 누굽니까?"

야율초가 깜짝 놀라 물었다.

"자네도 아는 사람일세."

대화와 상관없이 두 사람은 읍성을 향해 빠른 속도로 나가고 있었다. 그 와중에 돌아온 교하운의 대답에 고개를 갸웃거리던 야율초는 정면의 나무를 보지 못해 하마터면 흉한 꼴을 보일 뻔했다.

"이크."

"하하, 앞에 집중하게나."

"못난 모습을 보였습니다."

"흉수는 그 사람이네. 검선의 제자, 장홍원."

"네?!"

깜짝 놀랐다. 덕분에 이번에는 발이 꼬여 넘어질 뻔했다.

"어허, 왜 그리 호들갑인가. 쯧."

수하의 그런 모습에 교하운은 혀를 찼다.

"아니, 그가 대체 어떻게……."

"뭐, 자세히는 말해줄 수 없네만. 그의 용모파기로 이미 확인을 마쳤다는군. 그때 번이를 수행했던 녀석들이 모두 그가 맞다고 했다네."

"허."

야율초는 믿을 수 없다는 얼굴이었다. 그와 달리 교하운의 얼굴에는 이해할 수 없다는 빛이 역력했다.

'그가 대체 어떻게 환사역혈변안공을 익히고 있는 것이지?'

풀 수 없는 의문이었다.

"그러면 홍원 그자가 경천회에 있다는 것을 명분으로 경천회를 공격하려 한다는 말씀입니까?"

"그렇네. 명분을 확실히 하기 위해 보름의 시간을 줬다는군.

홍원을 사혈궁으로 보내라고 했다는군.”

“경천회는 절대 그러지 않겠군요.”

“그들이라면 그렇지. 하지만 사람 일이란 모르는 거야.”

어느새 동면을 빠져나왔다. 멀리 읍성의 성벽이 아스라이 보이고 있었다.

전쟁이 벌어지려 하니 소궁주인 자신을 불러들이는 것은 당연한 일이다.

그러나 내키지 않았다. 아버지의 방식은 아무리 생각해도 교하운 자신과는 상극이었다.

그래도 소궁주로서의 책무는 다해야 했기에 읍성에 도착한 즉시 채비를 해 사혈궁으로 향했다. 사혈궁으로 향하는 발걸음이 무척이나 빨랐다.

열흘이 흘렀다.

깊은 밤, 홍원은 사혈궁으로 향할 준비를 끝냈다. 그런 홍원을 모용백과 심온이 바라보고 있었다. 다른 사람은 없었다.

조용히 떠나겠다는 홍원의 뜻이었다.

그를 지극히 챙기는 갈현청과 맹여립에게도 알리지 않았다.

심온은 새삼스러운 눈으로 홍원을 바라보고 있었다.

홍산과의 이별에 대한 준비를 모두 마치고 회주를 만났을 때 얼마나 놀랐던가.

자신이 예상하고 준비한 수가 모두 소용이 없었음이니.

설마 홍원이 단신으로 사혈궁을 가겠다고 할 줄은 그조차도 예상 못 한 일이다.

'과연 살아남을 수 있을까?'

그 생각만 머리를 맴돌았다.

그것은 모용백 역시 마찬가지인 듯 홍원을 바라보는 두 눈에 걱정이 가득했다.

홍원이 심온을 향해 입을 열었다.

"산이에게 귀한 가르침을 베풀어주신다고 들었습니다. 정말 감사합니다."

홍원이 깊게 허리를 숙였다.

경천회에서 만난 학사에게 글공부를 한다는 이야기만 들었었지 그 학사가 경천회의 문상인 심온임을 얼마 전에야 알았다.

심온이 홍산에게 전한 서책을 보고는 주변에 물어서 알게 된 것이다.

심온은 홍산에 경천회에 계속 남아 있게 되었다는 사실을 알았음에도 전하려던 자신의 진전을 건넸다. 한번 주기로 마음을 먹고 나니, 홍산이 아니면 줄 사람이 없을 것만 같았기 때문이다.

"아닙니다. 산이는 그만한 재능이 있는 아이입니다. 오히려 저희를 위해 사지로 가는 공자에게 어찌 인사를 해야 할지 모르겠습니다."

심온의 말에 홍원은 고개를 가로저었다.

"제가 만든 업이니, 제가 해결을 해야지요."

그리 말하는 홍원의 입가에 걸린 미소가 어쩐지 섬뜩해 보이는 것은 심온만의 느낌일까.

"부디 무사히 돌아오게나. 자네 가족들일랑 걱정을 말고."

모용백이 무거운 목소리로 말했다.

홍원이 사혈궁으로 향하기로 한 날, 가족들의 거처를 옮겼다. 모용연과 모용혜가 머무는 곳이었다.

경천회에서도 가장 심처였다. 홍원이 가족의 안위를 부탁했기 때문이다. 홍원도 그런 배려를 받아들였다.

자신이 떠나는 이상 가장 안전한 곳에 가족들이 있었으면 했기 때문이다. 묵린이 있기는 했지만 그래도 모를 일이다.

"그럼 이만 떠나겠습니다."

홍원은 가볍게 고개를 숙이고는 몸을 날렸다.

순식간에 홍원의 모습이 사라졌다. 모용백과 심온은 그저 홍원이 사라진 방향을 아련히 바라볼 뿐이다.

가능성이 무척 희박하다는 것을 알지만, 제발 홍원이 무사히 돌아오기를 간절히 빌었다.

경천회에서 돌아온 답에 교중학은 어이가 없었다.

정말로 홍원을 보내다니. 자신의 예상과는 완전히 다른 결과다. 당연히 못 보낸다고, 전쟁을 불사하겠다고 할 것이라 생각했다.

명분을 얻기 위함이었을 뿐이었는데, 정말로 보내다니.

"고고한 척은 다하더니, 결국은 경천회도 이 정도였나?"

살짝 비웃음마저 어려 있었다.

밤낮을 달려 사혈궁에 도착한 교하운도 교중학과 함께 있었다. 그도 이런 결과에 상당히 놀랐다.

그 역시 경천회주 모용백의 인품이라면 당연히 전쟁을 불사할 것이라 예상했음이니.

"네가 말한 협이라는 게 이 정도인 모양이구나. 끌끌."

교중학은 아들을 보며 웃었다.

명백함 비웃음이다.

교하운의 꽉 쥔 주먹이 부르르 떨렸다. 그러나 대꾸할 말이 없었다.

"뭐, 아무래도 상관없지. 일단 그놈을 잡고, 경천회를 치면 될 일이니."

"명분이 없습니다."

교하운이 낮게 말했다.

"우리 같은 이들에게 명분이 무슨 필요가 있겠느냐."

"천하가 욕하고 손가락질할 것입니다."

"이기면 그만이니라."

교중학은 명분 만들기에 실패했음에도 경천회를 향한 야욕을 거둘 생각이 없어 보였다.

홍원을 순순히 내준 경천회에도 실망했지만, 명분 만들기에 실패했음에도 아랑곳하지 않고 전쟁을 벌이겠다는 아버지에게 더욱 실망했다.

'어쩌면 나에게 실망할 일이 생길지도…….'

문득 그런 생각이 들었다.

홀로 오면 죽는 게 분명한 길인데도, 단신으로 사혈궁을 향하고 있다 했다.

왠지 찜찜한 기분이 들었다.

그럴 일이 없다고 생각했지만, 혹여 누구도 상상치도 못한 일이 생긴다면?

자신도 결국 사혈궁의 사람이다.

여러모로 복잡하고도 불안했다.

"일단 마중은 보내야지."

교중학은 사혈궁의 무력대를 경천회와의 경계 지역을 보냈다.

홍원이 막 경천회를 떠나던 날 밤의 일이다.

아마도 홍원이 사혈궁의 영역으로 진입할 때쯤 그들을 조우하게 될 것이다.

홍원이 홀로 사혈궁으로 오고 있다는 소식은 다음 날 교상번의 귀에도 들어갔다.

그 소식을 접한 그는 흉신악살 같은 웃음을 지었다.

"크크크, 드디어 그놈이 오는구나. 죽지도 살지도 못하게 만들어주마."

환사역혈변안공을 사용하는 것을 볼 때는 깜짝 놀랐다. 궁에 와서도 전전긍긍이었다. 할아버지에게 사실을 전하고도 언제 어디서 자신을 노릴지 몰라 꼭꼭 숨어 지냈다.

그러다가 얼마 전에 초상화 하나를 보고 깜짝 놀랐다.

자신을 해한 놈이었다.

본 얼굴인지 아닌지는 모르지만 분명 그 얼굴이다.

그 정체를 듣고 더 놀랐다.

검선의 제자란다.

알 수가 없었다. 검선의 제자가 어찌 환사역혈변안공을 알고 있단 말인가.

초상화를 확인하고 나자 그놈의 정체는 너무나 쉽게 알아낼 수 있었다.

그때 그놈과 함께 있던 계집의 정체도 자연스레 알아냈다.

"설마 단리유화, 그년일 줄이야. 킥, 면사를 하고 있었으니 알 수가 있었나. 그 잡놈 다음에는 숭무련이다."

교상번의 두 눈이 복수심으로 활활 타올랐다.

"오랜만에 바람이나 쐬자, 막호야."

"네."

교상번의 말에 정막호가 의자를 밀었다. 아직 교상번은 운신이 자유롭지 못했다.

홍원 때문이다.

그 당시의 부상은 모두 나았으나, 여전히 운신이 어려웠다.

그래서 바퀴 달린 의자인 윤의(輪倚)에 앉아 생활한다. 그런 윤의를 미는 것은 정막호였다.

그의 얼굴은 무척이나 흉측하게 변해 있었다.

그를 갈기갈기 찢어 죽이겠다고 난리를 치는 교상번에게 당한 상처다.

만약 교상번의 움직임이 자유로울 정도로 회복되었다면, 정막호는 정말 죽었을지 모를 정도로 교상번의 분노는 대단했다.

다행히 이제는 제정신을 차렸지만 말이다.

그것도 며칠 전이었다.

홍원의 초상화를 확인한 후다.

그 전에는 언제 자신을 노릴지도 모른다는 공포에 반쯤은 정신이 나가 있었고, 겁에 질린 만큼 폭력적이었다.

거기에 당하는 것은 정막호였다.

정막호의 죄는 간단했다. 그놈을 도발했다는 것.

결국 모든 결정은 교상번이 내렸음에도, 일의 시작을 만들었다는 이유로 모든 것을 정막호의 탓으로 돌렸다.

이미 눈이 돌아가 버려서 이모할머니고 뭐고 눈에 들어오지 않았기에 누구도 말리지 못했다.

궁주의 장손자였기에 그 권력은 막강했다.

정막호는 조용히 윤의를 밀고 있었다. 이가 모두 부러져 입술이 푹 꺼져 있었다.

그 또한 교상번의 작품이다.

오늘따라 유독 하늘이 맑고 날씨가 좋았다.

교상번은 하늘을 올려다보았다.

"흐흐, 오늘은 기분이 좋구나. 잠시 후에 운기를 해야겠다. 어서 조금이라도 더 회복해야 그놈을 내 앞에 꿇렸을 때, 자근자근 썰어주지, 흐흐흐."

교상번은 부들부들 떨리는 왼손을 들어 올리며 말했다. 오른손은 어느 정도 회복했으나, 왼손은 여전히 떨렸다.

온몸의 뼈가 부러지는 바람에 기혈도 뒤틀렸다. 그 탓에 운기를 하면 극심한 고통이 찾아왔다.

운기를 하며 내상을 다스려 기혈의 뒤틀림만 바로 잡아도 운신의 폭이 훨씬 넓어지지만, 지금까지 그 고통을 참지 못해 지지부진했다.

그런데 이제 목표가 생겼다.

자신의 손으로 생포된 홍원을 죽을 때까지 괴롭히겠다는 목표.

그것을 위해서라면 운기의 고통은 얼마든지 참을 수 있을 것 같았다.

며칠이 흘렀다.

홍원은 느긋하게 걸음을 옮기고 있었다. 경천회를 떠날 때는 경공을 펼쳐 빠르게 움직였지만, 사혈궁의 영역을 향해 나가는 속도는 느렸다.

이미 경천회에서 자신이 향하고 있다는 소식을 전했을 테니, 급할 것은 없었다.

사혈궁으로 향하는 홍원의 머릿속은 복잡했다.

과연 사혈궁을 어떻게 처리해야 하느냐를 결정하지 못한 것이다.

그 이유는 하나였다.

'과연 내가 단신으로 사혈궁을 상대할 수 있을까?'

자신의 실력에 확신을 가지지 못했다.

꿈속의 자신은 분명 일인방파라 불러도 모자라지 않을 엄청난 무위를 가졌었다.

하지만 지금의 자신과는 다르다.

당시는 패도의 끝을 달리고 있을 때다. 걸어가는 길이 다르다.

또한 아직은 꿈속에서 천선문을 칠 당시와 비교하면 손색이 있었다.

'내공도 좀 부족하고……'

홍원은 지금까지 내공에 관해서는 그다지 신경을 쓰지 않았다. 자신의 내공이 바닥을 드러낼 때까지 사용할 일이 없었으니 말이다.

거기에 경지가 높아질수록 더 적은 내공으로 더 강한 힘을 낼 수 있게 되기도 했다.

사대세력 중 한 곳을 상대한다고 하니 과연 현재의 내공으로 충분할까란 생각도 들었다.

사혈궁으로 홀로 향하겠다고 했을 때는, 혼자서 사혈궁을 상대하겠다는 마음을 먹은 것이다.

할 수 있으리라 믿었으니까.

그 생각에는 지금도 변함이 없었다. 단지 구체적으로 어떻게 할 것인지 방법을 정하는 게 고민이었다.

압도적인 힘으로 한 번에 몰아칠까 하니, 몇 가지 불안 요소가 생긴 것이다.

'그냥 각개격파?'

그거라면 아무 문제 없을 듯했다.

자신은 움직임에 제약이 없고, 은신과 잠입에도 능하다. 소단위의 전투부대들을 치고 빠지는 식의 싸움이라면 능히 사혈궁을 상대할 수 있을 것이다.

'암살?'

그냥 교중학과 교상번만 처리하고 나올까란 생각도 들었다.

신도운악을 암살했을 때, 숭무련의 모습을 보면 그것만 해도 사혈궁의 움직임은 멈출 듯했다.

더욱이 교하운이 차기 사혈궁주가 될 테니.

'다만 그러면 난 그와 원수가 되겠지.'

아무리 부자간의 사이가 좋지 않다고 하나, 부자다.

'마음에 드는 사람이었는데.'

그 부분이 아쉬웠다.

장 공으로, 홍원으로 만남을 가질 때마다 마음에 드는 사람이었다. 그가 사혈궁의 궁주였다면 이런 일도 없었을 텐데라는 아쉬움도 들었다.

느긋하게 걸음을 옮겼다고는 하지만, 보통 사람의 기준에서는 굉장히 빠른 속도였다.

홍원은 어느새 경천회와 사혈궁의 경계를 넘어 사혈궁의 영역에 발을 들이고 있었다.

그럼에도 홍원의 걸음에는 변함이 없었다.

그렇게 가던 길로 움직였다.

밤이 되면 노숙을 하고, 배가 고프면 준비해 온 건량으로 끼니를 때우거나 사냥을 했다.

가끔 마을을 만나면 객잔에서 묵기도 했다.

적혈대와 흑혈대는 전력으로 말을 달렸다.

사혈궁의 기마대 전력이었기에 그 속도는 매우 빨랐다.

교중학의 명이 떨어지고 바로 전력을 다해 말을 달렸다.

"쥐새끼 하나 잡는 데 적혈대와 흑혈대가 동시에 나서다니."

적혈대주는 마음에 안 든다는 얼굴이었다.

"그래도 무려 검선의 제자 아닌가."

흑혈대주는 적혈대주를 다독였다.

"그래봐야 제자 아닌가. 검선 본인도 아니고."

"검선 본인이라면 우리 둘로 될까?"

흑혈대주의 물음에 적혈대주는 고개를 저었다.

"어림도 없겠지, 후우."

"그러니까. 그 제자니까 적혈대와 흑혈대가 나서는 거 아니 겠나."

그 말에 수긍한 듯 적혈대주는 고개를 끄덕였다. 그러나 그 의 얼굴에 불만이 가득했다.

그들이 달려간 뒤로 자욱한 먼지구름이 일었다.

평원에서는 빠른 속도로 달려가고 있지만, 중간중간 나타나 는 숲 때문에 생각보다 지체되고 있었다.

그들은 경천회에서 사혈궁으로 향하는 가장 빠른 길을 거꾸 로 달리고 있었다.

마치 홍원이 반드시 그 길로 올 거라고 확신하는 듯했다.

실상 홍원은 그 길로 가고 있었다.

거리낄 것이 없었기에 가장 빠르고 편한 길로 당당히 움직이고 있었다.

홍원은 걸음을 옮기던 중 멀리서 자신을 향해 다가오는 이들의 기척을 느꼈다.

"반 시진 정도 거리인가?"

지금의 속도로 저들과 자신이 움직인다면 그쯤에서 만날 것 같았다. 속도가 굉장히 빨랐다.

"기마대인 모양이군."

기감에 느껴지는 기척으로 그 사실을 알아내는 것은 어렵지 않았다.

홍원은 잠시 망설였다. 저들과 부딪힐 것인지, 아니면 피해서 곧장 사혈궁으로 향할 것인지.

자신을 상대할 이들이 올 것이라 생각은 했지만, 기마대가 온 것은 예상 밖이다.

만약 자신이 저들을 우회해서 길을 간다면 저들은 어찌할 것인가에 생각이 미쳤다. 자신을 찾아 쫓을 것인지, 아니면 그냥 그대로 곧장 경천회로 향할 것인지.

자신을 쫓는다면야 아무 문제가 없지만 곧장 경천회로 향한다면 곤란했다.

"일단 부딪혀야겠군."

결정을 내린 홍원은 계속해서 관도를 따라 움직였다. 그렇게 반 시진쯤 걸었을 때, 눈앞에 먼지구름을 일으키며 달려오는 기마대 무리가 보였다.

너른 평원 한가운데였다.

적혈대주와 흑혈대주도 홍원을 발견했다. 그들은 손을 들어 속도를 늦추며 다가오다가 홍원을 마주 보며 멈췄다.

"검선의 제자, 장홍원인가?"

적혈대주의 물음에 홍원은 고개를 끄덕였다.

"그렇소만."

"순순히 오라를 받으라. 죄인 장홍원을 본 궁으로 압송하겠다."

적혈대주의 말에 홍원이 피식 웃었다.

"가만히 놔둬도 그대로 사혈궁으로 갈 생각이오만?"

"네놈은 본 궁의 죄인이다. 죄인이면 죄인답게 가야지."

흑혈대주가 무심한 눈으로 홍원을 내려다보았다.

홍원은 가만히 고개를 끄덕였다.

예상한 대로였다.

아마도 자신의 기를 죽이기 위해서 저들을 보낸 것이리라.

경갑에 장창을 쥐고 있는 저들의 기세는 몹시 사나웠다.

아마도 타 세력과의 전쟁 때 선봉에 서는 돌격대이리라.

"싫다면?"

"굳이 권주를 마다하고 벌주를 마시겠다면야."

적혈대주의 창이 홍원을 향했다. 그 예기가 예사롭지 않았다.

"그런데 나를 잡을 수나 있고?"

어느새 홍원의 말투는 변해 있었다.

"적혈대와 흑혈대를 우습게 보는군. 그 누구도 우리로부터 벗어날 수 없다."

흑혈대주가 손을 들었다. 그것이 신호라도 된 듯 그의 뒤에 있던 부하들이 홍원을 겹겹이 둘러쌌다.

말들의 투레질 소리가 요란하게 귀에 들어왔다.

홍원은 무심히 자신을 포위한 이들을 바라보았다. 무인이라기보다는 병사들 같았다. 절도 있는 움직임과 명령대로 일사불란하게 움직이는 모습은 군대의 그것과도 같았다.

이런 이들이 경천회로 간다면 무척이나 곤란할 것 같았다. 그곳에는 홍원의 가족들이 있으니.

주먹을 몇 번 쥐었다 편 홍원이 천천히 검을 뽑았다.

"쳐라."

그 모습을 확인한 적혈대주의 명령이 떨어졌다.

말은 큰 동물이다. 특히나 전마는 그 덩치가 더욱 크다. 보통 사람은 전마 앞에 서 있기만 해도 오금이 저릴 정도다.

그런 전마 위에 창을 든 무사들이 타고 있었다.

사방을 포위하고는 조여들었다.

그 기세는 폭풍과도 같았다.

폭풍이 향하는 곳은 단 한점, 홍원을 향해서다.

보통 사람이라면 그들의 돌격 기세에만 기가 질려 졸도를 할 정도다.

하지만 홍원의 얼굴은 평온했다.

그저 흑운을 중단의 위치에 가만히 세울 뿐이다.

"이럇!"

"죽여라!"

무사들은 거친 소리를 지르며 홍원을 향해 달려들었다. 사방에서 무질서하게 조여드는 것 같았지만, 그들은 철저히 진을 이루며 유기적으로 움직였다.

어느새 홍원에게 가장 가까이 접근한 세 사람이 창을 앞으로 내질렀다.

홍원의 몸이 슬쩍 움직이며 창을 모두 피해냈다. 그들은 후속 공격을 하지 않고 물러났다. 대신 좌측에서 홍원을 향해 창이 날아들었다.

홍원은 어렵지 않게 그 공격도 피했다.

홍원은 계속해서 피하기만 하면서 그들의 움직임을 지켜보았다. 철저히 전투 대형을 유지하면서 진의 움직임에 따라 공격하고 물러났다.

시끄러운 외침과 소리에 잔뜩 흥분한 것처럼 보였지만 그들은 침착했다.

'잘 조련된 자들이다. 사혈궁은 사혈궁이라는 건가?'

비밀 작전을 위해 만들어진 숭무련의 암영대와는 그 수준이 달랐다. 이들은 철저히 전투와 살육을 위한 무력부대였다.

"쥐새끼처럼 잘도 피하는구나!"

적혈대주가 그런 홍원의 모습을 보며 외쳤다.

홍원은 아랑곳하지 않았다.

"어디 언제까지 그럴 수 있나 보자! 금세 땅을 뒹굴게 될 것이다!"

흑혈대주였다.

홍원의 움직임에는 변화가 없었다. 사방에서 창이 날아왔다가 사라짐에 그 빈틈을 찾아 교묘히 움직였다.

홍원이 이렇게 움직이는 데 더욱 수월한 이유가 있었다.

창이 향하는 곳은 홍원의 팔과 다리 쪽이었다. 자칫 잘못하면 죽일 수도 있는 목이나 몸통을 노리지 않았다.

철저히 생포하기 위한 움직임이었다.

홍원은 피식 웃었다.

자신을 우습게 봐도 너무 우습게 봤다.

생포라는 것은 강자가 약자를 상대할 때나 취하는 방법이다.

지금 이곳에서 강자는 홍원 자신이다.

저들은 지금 심각한 착각에 빠져 있었다.

그렇게 생각하는 순간 문득 불쾌해졌다.

가슴속 깊은 곳에서 불쾌감이 스멀스멀 피어올랐다. 그것은 살기와 함께 피어오르고 있었다.

그간의 수련으로 몸에 남아 있는 살기는 이제 처음의 십분지 일도 채 되지 않았다. 무유팔절검해 덕분이었다.

홍원이 몸을 움직이는 가운데 검을 치켜들었다.

그러고는 빠르게 내리그었다.

검의 간격 안에는 아무도 없었다. 창을 사용하는 기마대였기에 모두 간격 밖에 있었다.

그저 허공에 의미 없는 몸짓을 한 것처럼 보였다.

"크흐흐."

"푸하하하하."

사방에서 그런 홍원을 향해 비웃음이 날아들었다.

비웃음과 별개로 여전히 홍원을 향한 공격은 계속되었다.

홍원은 산책 나온 사람처럼 가볍게 발을 놀리며 공격을 한 번 피했다.

그 순간.

"푸하하하… 하… 하…….."

가장 크게 웃던 이의 웃음이 이상하게 변했다. 얼굴에 붉은 선이 그어졌다. 그가 탄 말에도 종으로 붉은 선이 나타났다.

푸핫!

사방으로 피가 튀며 정확히 반으로 쪼개졌다.

일순 정적이 내려앉았다. 언제 비웃었냐는 듯 고요함이 그 자리를 지배했다. 홍원을 향한 공격도 순간 멈췄다.

가장 먼저 쓰러진 자, 그 뒤로도 연거푸 말과 함께 사람들이 쓰러지고 있었다.

그 끝은 최후미의 무사까지였다.

가벼운 일검에 일어난 결과다.

홍원은 가만히 검을 내려다보았다.

살기가 짙은 검이었지만 지난번과는 달랐다.

십분지 일로 줄어든 살기가 자신의 기운과 절묘하게 어울려 제법 괜찮은 결과를 만들었다는 생각도 들었다.

'살기가 제멋대로 날뛰지 않는다.'

예전에는 제멋대로 날뛰었었다. 그래서 단리유화에게 들키지 않았던가. 그런데 이제는 제어가 되고 있었다.

그러니 자신의 기운과 어울릴 수 있었던 것이다.

"뭐, 뭐야······."

흑혈대주의 목소리가 심하게 떨렸다. 그는 크게 당황했다.

홍원이 검을 내리 그었을 때, 아무런 낌새도 없었다.

검강은 커녕 검기나 검풍 같은 것도 없었다. 그저 허공에 대고 허우적대는 것처럼 보였다.

그런데 그 결과가 어떤가.

진의 한축의 무사들이 일제히 썰려 나갔다.

차라리 검강으로 썰어버렸다면 수긍했을 것이다. 검강은 원래 그런 무지막지한 공부이니까.

그런데 아무런 낌새도 없는 허공에 대고 움직인 검에 이런 결과라니.

알 수 없는 공포가 적혈대주와 흑혈대주의 머리 한쪽에 자리했다.

홍원은 고요한 가운데 주변을 둘러보았다.

"그럼 이제 제대로 놀아볼까?"

흑운이 새하얀 검강을 옷으로 입었다.

『홍원』 6권에 계속···

초대형 24시 만화방

신간 100%, 샤워실, 흡연실, 수면실(침대석), 커플석, 세탁기 완비

■ 시흥 정왕25시점 ■

경기 시흥시 정왕동 1742-13 미스터피자 건물 5층
031) 319-5629

■ 강북 노원역점 ■

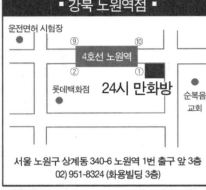

서울 노원구 상계동 340-6 노원역 1번 출구 앞 3층
02) 951-8324 (화용빌딩 3층)

■ 일산 정발산역점 ■

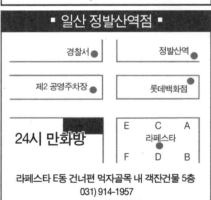

라페스타 E동 건너편 먹자골목 내 객잔건물 5층
031) 914-1957

■ 일산 화정역점 ■

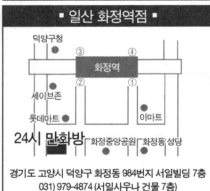

경기도 고양시 덕양구 화정동 984번지 서일빌딩 7층
031) 979-4874 (서일사우나 건물 7층)

■ 부천 역곡역점 ■

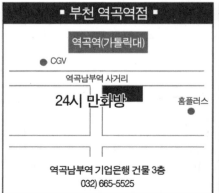

역곡남부역 기업은행 건물 3층
032) 665-5525

■ 부평역점 ■

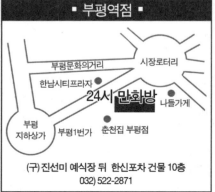

(구) 진선미 예식장 뒤 한신포차 건물 10층
032) 522-2871

보지제일주의

FANTASTIC ORIENTAL HEROES

김용진 新무협 판타지 소설

황실 다음가는 권력을 지녔다고 하는
천문단가(千文團家)에서 오대독자가 태어났다.
그리고 그 아이는 튼튼하게 자라났다.
…굉장히 튼튼하게.

『보신제일주의』

"다 큰 어른들도 하기 힘들어하는 수련인데
공자께서는 요령도 피우시지 않는군요. 대단합니다."

"건강하게 오래 살려면 해야 하는 일이니까요."

취미는 삼 뿌리 씹기, 약탕기는 생활필수품!
그리고 추구하는 건 오로지 보신(保身)!
하지만… 무림의 가혹한 은원은 피할 수 없다.

"각오완료(覺悟完了)다. 살아남아 주마!"

고 검 독 보

천성민 新무협 판타지 소설

FANTASTIC ORIENTAL HEROES

강남 무림을 일대 혼란에 빠뜨린 마라천.
그들을 막아선 것은
고독검협(孤獨劍俠)이라 불린 일대고수였다.

마라천이 무너지고 난 후,
홀연 무림에서 모습을 감춘 고독검협.

그리고 수 년……

그가 다시 무림으로 나섰다.
한 자루 부러진 녹슨 검을 든 채로……!

Book Publishing CHUNGEORAM